KB154564

http://www.bbulmedia.com

SpecTator

스펙테이터

BBULMEDIA FANTASY STORY

SperTator

스펙테이터

약먹은인삼 퓨전 판타지 소설

9

Contents

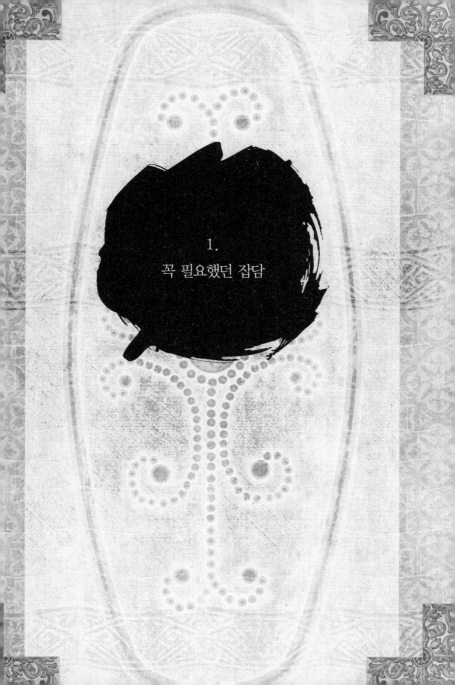

1.
꼭 필요했던 잡담

　회귀 이전의 도심을 거닐며 가만히 생각하니 패배한 신 곤바로스와 실패한 김태진의 모습이 떠올랐다. 둘의 공통점은 지나치게 집착하고 욕심을 부렸으며 스스로 자만했다는 부분이다. 그리고 결과를 받아들이지 못하였고 끝내 인정하지 않았다.

　'승패를 부정하고 번복하려고 했었어.'

　승부의 세계는 냉혹했다. 이른바 책임을 회피하려는 그 어떤 수단도 무의미했으며, 과거로 돌아가려는 대단한 시도조차 얄팍한 꼼수로 격하시켰다. 상황과 때에 따라 표리부동하게 행동하는 것은 실로 옳지 못한 행위였다.

나는 오래간만에 과거의 도표를 다시금 머릿속에서 떠올렸다.

-초월자 vs 곤바로스.

심판은 융켈.

초월자나 곤바로스는 new century에서도 최상위에 해당하는 신 급 존재였고 융켈은 월향을 통해 알았듯이 '만들어진 존재'였다.

정확하게는 자유의지가 있는 존재가 아닌 로봇의 개념일 것이다. 공정하지 못한 심판을 어떤 선수가 용인하랴. 심판이 자기 의견에 따라 규칙을 수정해서는 곤란했다.

'초월자는 이 정도 함정쯤 얼마든지 감당할 수 있었다는 거겠지.'

이름조차 알 수 없는 이 초월자. 생각할수록 참 대단한 거 같다. 실제로 본래의 세계에서는 초월자가 7성륜과 9겁륜의 사도를 거느린 곤바로스를 이기고 승리를 얻었다. 그리고 초월해서는 어마어마하게 높은 곳에 도달해서 사라졌다.

이 녀석이 진짜 승리자다. 패배하여 모든 것을 잃게

된 곤바로스는 어차피 끝까지 간 상황임을 알기에 도박을 감행했다. 스스로 격을 대가로 회귀를 사용하며 다루기 쉬운 이용물로 게임 폐인인 김태진을 데려간 것이다.

그러나 과거로 돌아가 다시 해보겠다는 얄팍한 수는 통하지 않았다. 아무리 시간을 되돌려도 격의 소멸을 피할 수는 없었다.

그 탓에 기를 쓰고 과거로 돌아갔는데 정작 '나 자신'이 소멸한 것이다. 그때부터 김태진이 아닌 진짜로 곤바로스가 준비한 수단은 목표를 잃고 표류해 버렸다.

과거는 그 시간에 맞춰서 재조립되었고 신진권의 계약자가 융켈이며 강유나의 계약자가 곤바로스로 맞춰지는 상황이 야기되었다.

'소속팀이 바뀌고 비비 꼬였었어.'

완전하게 세상에서 승격해 버린 초월자. 유물과 흔적을 남긴 채 지워진 곤바로스와 융켈. 그들의 권능이 갈피를 잃은 상황에 내가 곁다리로 도착했다.

태진이는 여동생을 구하며 푸른 빛 창창한 미래를 꿈꾸는 사이에 하나씩 둘씩 수거하였다.

이것이 나의 과거였다. 틀린 선택이 아니었다는 것을

내가 이룩한 업적들이 모두 증명해 준다. 하지만 무소
불위의 권능과 권력을 거머쥐었던 그 당시에도 절대로
풀지 못했던 숙제들이 있었다.

지금까지는 단지 추측과 추론이었던 것 세 가지.

하나, 과연 초월자는 누구일까.

둘, 초월자와 계약한 현실의 존재는 누구일까.

셋, 그들은 바라는 소원과 염원을 모두 이루었을까.

초창기에는 강유나와 신진권이 초월자 편에 섰었다고
생각했었다. 하지만 new century를 경험하며 라탄
트라가 초월하고 승격을 이룬 존재가 상위의 세계로 떠
나는 방식을 엿보았다.

현실에서 무공을 익힌 이용택 관장과 나는 부를 수
없는 존재가 되어 허허로운 고독의 바다에 잠시 헤엄쳤
었다. 라이벌과 가족이라는 인연으로 다시금 안주하였
지만, 그렇기에 초월자의 계약자가 신진권과 강유나가
아니라는 가능성도 떠올릴 수 있었다.

나만 해도 그렇다. 이곳이 피에로가 만든 공간임을
알기에 '언제고 돌아갈 날'을 생각하며 여유롭게 마음
가짐을 먹지 않았던가. 마찬가지로 초월자의 편에서 싸
운 계약자들이 이 세계를 버렸을지, 함께 초월하여 사

라졌을지 모르는 일이다.

만날 수 있다면 묻고 싶다.

그쪽 세상은 과연 전부 버리고 선택할 만큼 아름다우냐고. 그리 생각하며 하늘을 물끄러미 보다가 나 혼자 배를 움켜쥐고 큭큭대며 신명 나게 웃어댔다.

알면 어쩔 건데? 여기 진짜 좋다고, 속된 말로 '죽여준다!' 라고 초청하면 냉큼 자살이라도 하려는가? 그럴 거면 내가 여기에 발붙이고 살 이유가 없었다.

그냥 호기심의 만족이고 쓸데없는 단상일 뿐이다. 진인사대천명(盡人事待天命). 항상 그래 왔듯이 아는 만큼 노력할 뿐이다.

❈   ❈   ❈

20세기의 영화를 보면 21세기에는 정말 엄청난 변화가 일어날 것처럼 묘사됐지만, 막상 21세기를 사는 우리로서는 그다지 달라진 것을 느끼지 못한다.

역사가 말해주듯 가난한 사람은 근근이 살고 최상류는 부귀영화를 누렸다. 이 부분은 가상현실에 미래씩이나 될수록 더욱 강화되고 공고해졌다.

큼직했던 텔레비전이 납작해지고 간소화되더니 이제는 손목에 차서 영상으로 띄울 수도 있게 되긴 했다. 털털거리며 매연 뿜어내던 자동차가 안정감과 속도를 더해가더니 이제는 수륙양용으로 어디든 자유로이 다닐 수 있게 되었다.

그러나 누구나 즐길 수 있지만, 아무나 누릴 순 없었다.

일전 new century의 멜도란에서 화이트 로드라는 귀족들의 거리가 따로 존재했던 것처럼 현실에서도 0.1%의 극소수만 저 테크놀로지와 향락을 누릴 수 있었다.

그래서 20년 전이나 20년 후인 지금이나 소시민들의 세상은 대동소이했다. 물론, 아무런 차이가 없는 것은 아니었다.

한국에도 길거리에 각양각색의 무인자판기가 즐비해졌으니까. 이나마도 이웃 나라에서 볼 수 있는 풍경이었지만, 20년 전과는 다른 모습이긴 하다. 자판기 앞에서 딱 메뉴를 보노라니 맑고 고운 음성이 들렸다.

[원하시는 음식을 선택해 주세요.]

지폐를 넣은 뒤 싸고 양이 많아 보이는 햄버거와 음

료를 선택했다. 비싼 인건비 대신 설치된 식료품 자판기가 상냥하게 음성메시지를 안겨주었다.

[잠시만 기다려 주세요.]

"물론이죠."

대꾸하고는 아래의 투입구를 보니, 덜컹 하는 소리를 내며 자판기가 일용할 양식을 안겨주었다. 이야말로 시대를 관통하는 신구(新舊)의 조화다.

취객처럼 감탄사 뱉어주곤 허리 숙여 포장 햄버거와 차가운 캔 음료를 꺼냈다. 껍질을 뜯고 한입 크게 물고는 우물우물 씹었다. 연거푸 게 눈 감추듯 먹어치운 뒤 달콤한 식혜 음료를 열어서는 한번에 들이켰다.

씹고 뜯고 꿀꺽 삼키는데 예전 식습관이 여기서도 묻어나는 걸까. 꼭꼭 씹어 삼키기보다는 뱀이 사냥감을 창자에 밀어 넣듯 순식간에 음식이 쑥쑥 넘어갔다.

양이 부족했다. 괜스레 배를 까고 어루만졌다. 혀로 입가를 싹싹 핥으며 빵 부스러기에 묻은 소스까지 빨아먹었다. 그런데 이게 웬걸. 배에 거지라도 들었는지 금방 꼬르륵 소리가 났다.

그 모습에 크게 안심이 되고 입가론 흐뭇한 웃음이 절로 나왔다. 이 비정상적인 상황은 new century의 전사들이 자주 겪는 거였다.

혈력을 써서 몸의 영양분을 확 끌어당겨 썼을 때 몸이 저절로 에너지원을 끌어당기는 현상이었다.

'또 모르지. 착각일는지도.'

진짜로 그런지 아닌지는 잔뜩 먹어보고 체하는지, 소화가 잘되는지를 확인하면 확실하게 드러날 일이다.

나는 확인할 겸 배도 채울 겸 자판기에 돈을 넣었다가 구매 버튼을 누르지 않고 다시금 거슬러 받았다.

기왕 많이 먹을 거면 자판기보다는 시장이 더 나았다. 휘파람 불며 재래시장으로 향했다. 기분이 들떠서 그런지, 열심히 걸어서 그런지 경보 수준의 속도는 나는 것 같았다.

어느덧 오후 시간이었다. 사람들의 옷차림과 분주하게 어디론가 향하는 바쁜 걸음들. 튀김 냄새와 매콤 달콤한 양념구이가 유혹하는 음식점들을 지나노라니 배에서 꼬르륵 소리가 절로 나왔다.

흔히 하는 말로, 뱃가죽이 등가죽에 달라붙을 지경이다. 시장 입구로 발걸음을 재촉하고는 가장 앞의 신발가게 중년인에게 물었다.

"여기서 제일 싸고 양 많은 데가 어디 있습니까? 맛은 대충 넘기고요."

대놓고 배를 쓰다듬으며 불쌍한 표정을 짓노라니 그가 웃으며 손가락으로 방향을 가리켰다.

"저쪽 황씨네 만두집 보이지요? 거기서 왼쪽으로 꺾으면 콩나물 국밥집이 있수. 거기가 여기선 최고지."

감사를 표하곤 얼른 그리로 향했다. 가는 길에 너무 배고파서 쓰러질 지경인지라, 만두집에서 왕만두를 하나 사서는 꿀떡 삼키곤 국밥집까지 구부정하게 허리를 굽히고 걸었다.

속이 헛헛한 것을 넘어 텅텅 빈 것처럼 느껴지는 이 죽을 것 같은 공복감. 분명히 스킬의 반작용이었다. 나는 가르쳐 준 대로 갈림길에서 왼쪽으로 꺾어서 국밥집에 들어갔다.

손님이 가득 들어찬 상태였다. 콩나물시루처럼 와글와글한 식당 빈자리를 물색하고 한 자리를 잽싸게 포착했다. 얼른 엉덩이부터 들이밀었다.

"여기 국밥 특으로 4인분요."

"네 명은 기다리셔야 하는데예. 보다시피 자리가 없서라."

손사래를 치며 나 혼자 다 먹을 거라고 했다. 아주머
니가 눈을 휘둥그레 떴다.

"혼자예?"

못 믿겠다는 반응에 걱정하지 말라며 시원스레 고개
를 끄덕였다. 바로 옆에서 고추를 쌈장에 찍어 먹던 청
년이 슬쩍 '아저씨, 여기 양 많아요'라고 말해주곤 다
시 먹는 것에 집중했다.

다른 사람들 먹는 걸 보니 실제로 그의 말이 사실이
었다.

딱 메뉴가 한 가지인 듯, 뚝배기에 끓는 국밥이 금방
나왔다. 주문과는 달리 조금 많은 1인분에 불과했지만,
이곳 사장의 넉넉한 인심을 보기엔 충분한 양이었다.

숟가락 쥐고 한술 입에 넣었다가 뜨거워서는 얼른 깍
두기 국물을 붓고 휘휘 저었다.

후- 후- 불어 식히곤 새우젓도 넣었지만 그래도 식
지 않아서 얼른 떠온 찬물도 조금 섞었다. 그러곤 입에
퍼 넣었다.

전투적으로 맹렬하게 삼키곤 국물까지 모조리 깔끔하
게 마셨다. 입 가리고 트림한 뒤 내부의 움직임에 집중
했다. 정확하게는 이전의 몸 상태에 확신을 갖고 상상

하는 일.

new century의 제임스를 투영(投影)한 것이다. 숨을 조절하니 느낌이 딱 왔다. 입에서 식도를 타고 넘어간 음식물이 위와 장으로 내려가는 게 아니다.

활활 타오르는 불길에 연소하듯 쫙 비틀어지고 말라서 몸에 흡수되고는 재만 소량 남는 식이었다.

'그래, 이거야.'

과연 효과가 있어서 한 뚝배기를 들이켰는데 불룩하게 나오던 배가 점차 들어가더니만 쑥 꺼지고 말았다.

어려운 이론이나 까다로운 비결이었으면 내가 이토록 금세 활용하지 못했으리라. 말 그대로 삶에 녹아든 습속이라 가능했다.

"여기 하나 더요. 이거 기별도 안 가네. 이래서 내가 4인분 달라고 했던 겁니다. 하하."

"으메? 그러다 병 납니더!"

"자자, 여기 선금부터 받으시고."

그렇게 거푸 네 그릇을 비워 버리곤 그쯤에서 멈추었다. 소진하고 몸에서 쌓을 수 있는 임계점에 도달했는지 배와 옆구리 살이 조금씩 나오고 있는 이유였다.

'근육이 늘긴 했나?' 싶을 정도로 여분의 영양을 지

방으로 비축하는 효율이 더욱 컸다. 당연하겠지만 효율
면에서 이상현보다는 제임스가 나았다.

힐끗, 뿌옇게 습기 어린 창에 얼굴을 비치니 신경쇠
약으로 턱선과 광대뼈가 도드라졌던 내 얼굴에 살집이
제법 생긴 상태였다. 때깔이 좋아졌다. 먹는 게 다 보
약이었다.

부재료인 고추와 마늘을 한 움큼 집고는 마늘과 함께
씹어 삼켰다. 입속이 화하고 속이 아리아리했지만 숨을
꾹 누르니 피가 후끈 달아올랐다. 계산할 때 국밥집 주
인이 고개를 설레설레 흔들었다.

"내 시장통 30년 있으면서 손님 같은 분은 처음 봅
니더."

"저도 이러긴 처음입니다. 잘 먹고 갑니다."

'뭐 저런 놈이 다 있어?' 하는 시선에 씩 웃고는 이
쑤시개 하나를 집어들고 식당을 나왔다. 배부르고 몸이
따뜻해서일까, 어디서 한숨 푹 자고 싶어졌다.

목욕탕에 들어가서 때 좀 벗기고 노곤하게 몸 녹여주
면 그게 사는 맛 아니랴. 하지만 이런 내 호사는 조금
나중에 누리는 게 옳았다.

와이프나 옆집 남자나 지금쯤 전전긍긍하고 있을 테

니까. 결혼생활을 먼저 매듭짓고 내 인생을 설계함이 바른 순서였다. 나는 껌처럼 질겅질겅 씹던 이쑤시개를 뱉고 집으로 걸어갔다.

오래간만에 보는 아내인데 빈손으로 갈 수는 없었다. 실제의 시간은 고작 오전에서 오후였지만 내가 체감하고 겪은 사건은 그 수십 배는 되었다.

마음이 불편할 정도로 미안했고 옹졸했던 나 자신이 한심하여 부끄러운 심정이었다.

사과의 마음을 표현하고자 꽃가게와 제과점에 들러 선물을 가득 준비했다.

금잔화, 개나리, 프리지아의 노란색에 안개꽃을 뿌려진 눈송이처럼 꾸민 꽃 보따리를 오른쪽 가슴에 안았다. 왼쪽 가슴에는 종이봉투에 넘치도록 담은 빵 보따리를 품었다.

바삭하게 구워져 노릇노릇한 색감에 박속같은 하얀 속살을 수줍게 보이는 바게트. 견과류를 듬뿍 품고 반짝이는 쨈과 달콤한 시럽을 자랑하는 파이가 코끝을 자극했다.

여기에 손가락의 봉투에는 붉은 포도주와 초콜릿 케

이크가 담긴 상자도 걸쳐져 있었다.

'희한하기도 하지. 같은 몸인데 쓰기 나름이란 말이야.'

처음에는 너무도 오래간만이라 집을 잘 찾아갈 수 있을까 싶었다. 내가 몇 호에 살았는지 딱 떠오르지 않은 까닭이었다.

하지만 귀소본능이라고 할까.

아무리 만취해도 자기 집은 잘 찾아가는 고주망태의 취객처럼, 내 몸은 알고 있었다. 왠지 익숙한 곳, 발이 이끄는 방향을 따르니 기억이 점차 선명해졌다.

아파트가 보였다. 건널목을 지나 현관문을 열었다. 엘리베이터에 들어서니 '1703호'라는 숫자가 반짝 떠올랐다.

시의적절하게 안내해 주는 퀘스트의 메시지 알림처럼 기막힌 타이밍이었다.

이른바 우리 집 단축키 버튼을 누르듯 거주민이 들어서자 미리 설정해 뒀던 대로 내 집의 층과 호수가 딱 나타난 거였다.

이제 버튼 누르고 기다릴 것 없이 가만히 엘리베이터에 오르면 17층에서 딱 문이 열릴 것이다.

소소하게 마련된 시스템을 겪으니 문득 강유나가 생각났다. 나는 짐짓 그녀가 제 엘리베이터 기기 속에 있는 것처럼 물었다.

"루타타, 거기 있는 건 아니지요?"

귀엽고 깜찍한 나의 요정. 뇌리 한편에서 그녀가 헤실헤실 웃고 있지는 않을까. 보고 싶은 마음이 새록새록 떠올랐다.

"지금 이 기억들은 꼭 잠가두고 안 보여줄 겁니다. 창피하거든요."

이렇게 말하면 유나가 이부자리에 누워 있다가 부끄러워하며 이불을 차는 모습을 연출해 줬을 것이다. 머리칼 사이에서 이리 뒹굴, 저리 뒹굴 했을는지도 모르겠다.

이블린이라면 빙긋이 웃었을 것이다. 한나라면 볼에 입맞춤을 해주곤 수줍게 빨개졌겠지.

아참, 그러고 보니 미래에선 한나가 랭킹 1위의 군림자라고 들었다.

이용택 관장 못잖은 포스를 풍기고 있을 그녀라니. 섣불리 상상조차 되지 않았다.

삼십 대의 한나는 어떤 모습일까? 평범하지는 않을

텐데.

'무슨 일을 하고 있을까? 정말로 이용택 관장 몰래 게임을 하는 걸까? 결혼은 했으려나? 만나려면 미국까지 가야겠지? 이번에도 한 수 겨루자고 했다간 내가 한 방에 날아갈 거야.'

월향과 이블린의 이미지를 떠올리곤 완숙한 매력의 한나에 정혜란의 이미지도 투영했다.

즐거운 상상은 끝도 없이 이어져서 꽤 시간이 지난 후에야 나는 내가 아직도 엘리베이터 안에 있음을 자각할 수 있었다.

'나중에 만나자, 한나야. 지금은 오빠가 널 만날 형편이 못 되는구나.'

반가운 재회를 기리며 17층의 버튼을 눌렀다. 문이 닫히고 살짝 밑으로 내려가는 느낌과 함께 엘리베이터가 위로 올라가기 시작했다.

1층, 2층, 3층… 5층… 9층쯤.

하늘 끝까지라도 오를 것 같았던 엘리베이터가 천천히 멈추었다.

[11층입니다. 올라갑니다.]

좌우로 문이 열리며 파자마 차림에 임산부처럼 두툼

하게 나온 배와 삼중의 턱을 가진 한 중년 여성이 올라 탔다. 그녀는 먹거리와 꽃다발을 보고는 가려진 눈을 몇 번 껌뻑이더니 이내 옆에 우두커니 섰다.

여인은 빙긋이 웃고 있는 내게 아무런 물음도 던지지 않았다. 고요한 침묵 속에서 엘리베이터가 움직이는 소음만 맴돌았다. 이윽고 도착했다.

[17층입니다.]

엘리베이터의 문이 열리자 문 앞에 가방을 둘러맨 한 여학생이 무표정하게 있었다. 고요 속에서 서로 관찰하는 시선이 교차했다. 목적지에 왔으니 나는 엘리베이터에서 내렸다. 이윽고 여학생이 엘리베이터 안에 들어오자 중년 여성이 손가락을 뻗어 '1층' 버튼을 눌렀다.

[1층.]

여학생은 '닫힘' 버튼을 누르곤 내 빵과 꽃을 살짝 본 뒤 헤드셋의 볼륨을 키워 음악을 들었다.

나는 엘리베이터의 문이 닫히는 작은 틈새로 저들 사이에 정적과 고요함이 가라앉는 모습까지 목격했다.

[내려갑니다.]

아리따운 여성의 목소리가 저 아래로 사람들과 함께 멀어졌다. 분명히 사람과 사람이 마주했었는데 마네킹

사이를 지난 듯한 이 삭막함은 뭘까.

'정말 외로웠겠구나.'

멀뚱히 있던 내 입으로 한 박자 느린 탄식이 나왔다. 이런 이웃관계였다니. 새삼스러울 것도 없는 이야기였지만, 그래서 더욱 씁쓸했다. 씁쓰레함을 가만히 곱씹으며 기억을 반추했다.

같은 아파트에서 살긴 해도 우리는 다 남이지 않던가.

원래 사람은 남 일에 그다지 관심이 없다. 저들이 그렇듯 나도 그리 살았었다. 이런 일상에 머물렀으니 온기와 사람이 고팠으리라.

"여보."

미소와 훈훈한 분위기를 두른 채 내 집에 감도는 싸늘한 공기에 다가섰다. 불 꺼진 집에선 빛이 번쩍이고 있었다.

전등은 안 켰어도 텔레비전은 혼자서 외로운 아내를 달래주고 있었다. 문을 두드렸다.

"여보, 나 왔어. 안에 없어?"

팔꿈치로 벨을 누르며 아내를 불렀다.

"문 좀 열어봐."

짐을 가득 든 상태라 문고리를 잡고 돌리는 게 불편했다. 하지만 그보다는 아내가 문을 탁 열었을 때 깜짝 놀라게 해주고 싶은 마음이 있었다.

그래서 문을 두드렸는데, 안에선 대답이 없었다. 티브이 켜놓곤 잠시 외출한 것일까? 그러면 낭패였다.

사람도 없는데 괜히 나 혼자 기분 내고 바리바리 물건 사왔나 보다.

별수 없이 케이크 상자를 내려놓고 문을 열었다.

그런데 안에 들어서니 소파에 앉아 있는 아내의 뒷모습이 보였다. 볼륨을 크게 하고는 드라마를 보고 있었다.

낮에 옆집 사내와 데이트를 할 때는 그리도 화사하게 꾸며났더니만 지금은 산장이나 팔순 홀몸 노인의 쓸쓸한 집처럼 사람 냄새가 하나도 없는 분위기였다.

예전 같았으면 '네가 바람피웠지, 내가 피웠냐!' 하면서 언성을 높였을 것이다.

그러나 지금은 다르게 행동했다. 환하게 불을 켜고는 소파 앞 탁자에 가지고 온 물건들을 내려놓았다. 조금 전의 아파트 주민처럼 무표정하고 무감정한 아내의 시선이 나를 향했다.

나는 텔레비전을 끄고는 탁자 위를 가리켰다. '봐봐'
하듯이.

아내의 아래로 내려간 눈동자가 탁자를 찍고 위로 올
라왔다. '저게 다 뭐야?' 묻는 것 같았다.

으쓱. 어깨를 올렸다가 내리곤 오른손으로 숟가락을
쥔 양 까딱였다. '밥 먹었어?'

잠시 빤히 보던 아내가 곧 나를 노려보았다. '장난
해? 지금 뭐 하자는 거야?'

나는 웃음으로 대꾸하고는 고개를 끄덕끄덕했다.

"장난 맞아."

입가는 물론 눈꼬리마저 휘어지도록 만면에 미소를
가득 지었다.

"서프라이즈이자 라스트인 이벤트."

그 모습에 아내의 눈이 휘둥그레 커졌다. 내 말보다
도 표정에 매우 놀란 모습이었다.

그녀 앞에서 웃음을 보인 적이 손가락으로 꼽을 정도
인 탓이다.

"보다시피 먹을 것 좀 사왔어. 이건 꽃이고. 기억해
보니 내가 선물이라는 걸 해본 적이 없더라. 분위기 같
은 건 원체 부족한 거, 당신도 알지?"

다가가 꽃다발을 훅 내밀었다.

"그냥 받아. 무릎 꿇거나 하는 건 드라마에서 많이 하니까 거기서 본 셈 치고."

꽃다발을 안겨주곤 아내가 쥐고 있던 리모컨을 저만치 치웠다. 그러곤 내가 사온 것들을 탁자 위에 하나둘씩 쭉 진열했다.

서로의 숨소리마저 들릴 만큼 적막했다. 부스럭부스럭 소리가 유난히 큰 소음으로 들릴 지경이었다. 나는 괜스레 어색한 듯해서 다시금 음악 방송 채널을 틀었다. 볼륨을 줄이니 이름 모를 가요도 괜찮은 배경음악이 되었다.

"그간 미뤄두고 하지 못한 이야기들이 많은데 그냥 맨입으론 할 순 없잖아. 설마 와인이랑 밀가루 알레르기 같은 게 있는 건 아니지?"

눈앞의 여인은 빤히 나를 보고 묵묵부답이었다.

"역시 난 유머에 소질이 없다니까."

이용택 관장과 썰렁한 농담을 주고받았을 때 진작 눈치챘지만 말이다. 주방으로 가서는 선반과 싱크대를 뒤져 경품으로 받았을 법한 유리컵에 플라스틱 쟁반과 접시를 챙겼다.

쭉 늘어놓고 주방용 가위와 부엌칼로 사온 빵을 자르고 케이크 상자에 들어 있는 빵칼로 케이크를 톱질하듯 썰었다.

"기태는? 진지하게 분위기 잡고 엄마 아빠가 대화 좀 하려는데 이 녀석이 영 안 보이네. 요즘 학원은 초등학생도 이렇게까지 오래 붙들어두나?"

아들에 대해 묻자 비로소 그녀의 입이 열렸다.

"고모 댁에 보냈어."

"왜?"

아내는 대답이 없었다. 마치 어떤 이야기를 해도 불통이라는 듯, 입을 꾹 다물고 있었다.

그래, 기억이 났다.

언제부턴가 그녀는 자신이 불리할 때, 말이 안 통하는 것 같을 때 묵비권을 행사했었다.

한 일(一) 자로 입을 지퍼 채우듯 딱 닫고 눈도 엄한 데만 보았다.

저 자세를 취하면 내가 어떤 말을 해도 소귀에 경 읽기가 됐다.

한 귀로 듣고 한 귀로 흘리는 상태. 말을 하던 놈이 열통이 나서 신경질을 버럭버럭 내게 만드는 기가 막힌 자세였다.

처음부터 저랬던 건 아니었는데, 언제부턴가 저러곤 했다. 차분히 되짚자 또렷하게 떠올랐다.

'내가 이 사람 말을 모두 잔소리로만 여기기 시작했을 때부터였어.'

먼저 듣지 않으려고 했던 건 나였었다. 과거를 반추하니 거듭 입맛이 씁쓰레했다.

"이거 괜히 잘랐나? 먹기 좋으라고 한 건데 영 모양새가 별로가 됐군."

나는 초콜릿 크림이 잔뜩 묻은 빵칼을 싱크대에 가져다 놓았다. 그러곤 'Happy'라고 써진 액자 모양의 네모난 초콜릿 장식을 그녀에게 내밀었다.

"아까 있던 일 얘기하려는 건 아니야."

한참 있는데도 가만있는 상태라서 아내의 손목을 쥐고는 초콜릿을 직접 쥐여 주었다.

"그런데 이건 미리 얘기해야 할 거 같아. 당신 마음 이해한다는 거짓말은 안 해. 옆집 녀석 역시 용서한다는 입바른 소리도 못하고. 대신 이 말만큼은 할 수 있어."

와인을 따서 유리컵에 따랐다.

이럴 줄 알았으면 근사한 와인 잔도 사올 걸 그랬다. 이번엔 그녀 손에 억지로 쥐여 주지 않고 탁자에 두었다.

접시에 케이크를 덜어서 한 조각 놓고 포크도 같이 놓았다.

"나만 힘들다고 해서 미안해. 네 이야기 듣지 않은 것도 미안해. 같이 살면서 한 번도 대화하려고 하지 않아서 미안해. 네 탓이 아니야. 내가 자초한 거란 걸 알았어. 그러니까 네게 전부 다 줄게."

석고상처럼, 가만있는 그녀에게 내 유리컵을 들어서 흔들었다. 잔을 부딪치자고, 건배하자고 제스처를 보이는데 영 호응이 없었다. 괜스레 머쓱해진 손이다.

과거였다면 '쾅!' 내려치거나 낯을 딱딱하게 굳히고 '때려치워!'라고 했겠지만, 지금은 감히 그러지 못했다.

벽창호처럼 꽉 막히고 돌덩이처럼 뻑뻑하게 서 있는 그녀가 그늘진 곳에 웅크리고 주눅이 들어 있는 아이처럼 느껴진 탓이다.

"짠."

탁자에 놓인 컵에 혼자 부딪쳤다. 눈을 찡긋하니 입

꾹 다물고 방어 자세를 취하던 아내가 비로소 나를 보았다. 그녀의 눈이 의아함과 당황으로 가득했다.

'이 사람이 지금 미쳤나? 구급차라도 불러야 해?' 하는 듯했다. 나는 아니라며 고개를 흔들었다. 엄지를 쓱 추켜올리며 '나 멀쩡해. 정말이라니까?' 라고 표현했다.

한데, 막상 하고 나니 술 취한 사람이 '나 안 취했어. 진짜야!' 하는 것처럼 보일 수도 있겠구나 싶었다.

"여보, 아니지, 은실아. 김은실. 참 이상도 하지. 왜 그동안 기태 엄마, 마누라, 여보로만 불렀을까. 뭘 어쩌려고 열심히만 산 걸까? 안 그래, 은실아?"

"당신, 취했어?"

"술은 아직 입에도 안 댔잖아. 빵 냄새랑 꽃향기에 취했으면 모를까."

"제정신 아니지?"

"거참. 내 유머는 왜 아무리 해도 늘지를 않지?"

사람마다 저마다 불가능의 영역이 있나 보다. 나는 초콜릿 다 녹는다며 얼른 물티슈를 찾아서 건넸다. 체온에 녹아내린 그것을 아내가 비로소 입에 넣었다.

"사실 지금은 괜찮은데 아까 잠깐 미쳤었나 봐. 호접

지몽이라고 알지? 내가 그런 것처럼 이상한 꿈을 꿨었거든. 그냥 잠깐 졸았는데, 세상에. 내가 20년 전으로 가 있던 거야. 그때로 가서 여러모로 멋지게 살았어."

"그래서?"

"내 꿈이라 좀 이기적이었나 봐. 우리 부모님은 구해 드릴 수 있었거든. 근데 살짝 타이밍이 좀 뒤라서 네 아버지를 구해 드리진 못했어. 대신 사채 문제는 내가 깔끔하게 완납해 줬지. 당신 몰래 병원에 가서는 병원비를 해결했거든. 익명의 독지가랄까? 키다리 아저씨처럼."

익살스럽게 윙크를 하자 아내가 픽 웃었다.

"꿈이 꽤 생생했어. 참고로 말하는데 내가 알던 김은실보단 옛날 고등학생 때가 더 낫더라. 반할 정도의 미모는 아니었지만 마누라니까 내가 넓은 아량으로 기회를 주기로 했지."

나는 가슴을 고릴라처럼 탕탕 두드렸다.

"키다리 아저씨잖아. 그랬는데, 딱 학창 시절 마치고 대학 들어갈 때쯤. 1년 지나니까 꿈에서 깨버린 거야."

"개꿈이었네?"

"하하. 그런 셈이지. 키다리 아저씨 한다고 너무 바

끝에서만 본 것도 문제였다고. 그래서 말인데, 은실아. 하고 싶은 게 뭐였어? 하고 싶었던 거."

"무슨 뚱딴지같은 소리야?"

나이 마흔이 아직 아니거늘 그 이상 되어 보이는 얼굴. 고생한 태가 역력한 그녀를 다독였다.

"뜬금없고 당황스러울 거란 거 알아. 하지만 무능력했어도 내가 허언은 하지 않는 거 알지?"

"알아. 결과는 엉망이었지만 노력은 했었어."

역시 내 마누라, 촌철살인이다. 정확한 평가였다.

"꿈에서 깨고 나니 뭐 하러 그리 아등바등 살았나 싶었어. 아마도 행복한 가정이 뭔지 뼈저리게 느껴서겠지. 확실한 건, 지금처럼 살아봐야 같은 꼴이라는 거야. 그래서 말인데, 은실아."

"왜 안 하던 짓을 갑자기 하고 그래?"

"듣고 싶어서 그래. 기태 엄마 말고, 이상현 마누라 말고, 김은실이가 하고 싶었던 거. 그거 말해봐. 밀어주고 도와줄게."

내 꿈은 이곳에 없고 동떨어져 있다. 그러니 네가 원하는 것.

비록 피에로를 통해 열게 된 미래의 편린일지라도 네

가 행복해하는 것을 들어주고 싶었다. 그거 하나만 달성해도 난 만족스러울 테니까.

그러니까 여보, 닭살 돋는다고 자꾸 긁지 좀 마. 나 미쳤냐는 듯한 눈 좀 그만하고.

'꿍짝이 안 맞는다니까.'

하여간 마누라가 무드를 몰라요. 에이.

정적의 시간이 다시금 머물렀다. 아내는 말이 없었다. 대신 유리컵만 매만질 따름이었다. 그녀의 심정을 짐작할 수 있기에 잠자코 기다려 주었다.

이윽고 포도주를 마신 뒤 아내가 입을 열었다.

"지금 정말로 혼란스러워. 여태까지랑 너무 다르잖아."

머뭇머뭇하며 말끝을 흐리다 입술을 꾹 깨물었다. 나는 옅은 미소와 함께 고개를 작게 끄덕였다. '얼마든지 들을 준비가 됐어. 계속 이야기 해봐.' 마음을 열고 어깨를 내주려는 제스처였다.

아내는 계속 입에서 맴돌던 말을 비로소 바깥으로 꺼냈다.

"내가 잘못한 거고. 그런데 이렇게 용서해 준다는 게

이해가 안 돼."

나는 '잘했어' 하고 눈을 감았다가 뜨며 아내의 말을 수렴했다.

"맞아. 당신이 잘못하고 실수한 거. 그런데 소위 말하는 대로 골키퍼가 있었으면 골이 들어갔을까? 문을 잘 잠그고 다녔다면, 금고에 돈을 잘 보관했다면 말이야."

만약 내가 아내를 진정으로 용서했다면. 혹은 유명한 말처럼 원수를 사랑하고 진실로 받아들이며 용서할 수 있는 사람이었다면 지금처럼 이혼을 전제로 두고 이야기를 하지 않았을 것이다.

"내가 괜찮은 남편이고 자상한 아빠였다면 우리 집에서도 사람 냄새가 났을 거야. 외롭지도 않았을 테고. 은실아, 난 모든 책임이 나한테 있다고 여기진 않아. 하지만 지금 이런 상황에 부닥치게 된 거. 그 책임은 내가 더 크다고 생각해."

"나보다도 더? 오늘 그걸 봤는데도?"

"알잖아. 내가 시대착오적인 거. 가부장적인 놈이란 사실. 큰소리만 치고 제일 못한 놈이 문제지 가만히 따라와 준 사람이 문제였겠어?"

포도주병을 들었다. 몇 컵 따르지도 않았건만 병 아랫부분에서 찰랑거리고 있었다. 나는 애플파이를 입에 넣고는 주방의 냉장고로 가서 맥주를 가져왔다.

병따개로 열고는 한껏 들이켜려다 술을 마구마구 퍼마시는 모습 역시 위압감을 줄 수 있음을 알고는 슬며시 내려놓았다.

"예쁜 술은 은실이 거. 이건 내 거. 괜찮지?"

아내가 웃었다. 어이가 없어서 웃는 실소였다.

"당신, 진짜로 유머 하지 마."

"삼진아웃이려나?"

비어 있는 아내의 컵에 포도주를 따랐다. 이번에는 내가 잔을 들고 흔들자 그녀가 살며시 내밀어주었다. 쨍 하는 부딪침이 드디어 들렸다.

이제 한 걸음이 내디뎌졌다.

축배로 벌컥벌컥 마시곤 블루베리 파이 한 조각을 꿀꺽 삼켰다.

"이래저래 생각하다 보니 자아 성찰이 되더라. 되게 흔하고 웃긴 그 질문의 대답 말이야. '당신은 어떤 인생을 원했습니까, 무엇을 할 때 즐거웠나요?' 같은 거. 넌 꿈이 뭐였어?"

"몰라, 그런 거. 자긴 한참 생각한 걸 나한테 바로 말하라고 하면 내가 어떻게 대답해? 나도 생각할 시간을 줘야지."

"이 밤이 끝나기 전엔 나오는 거지?"

"꿈같은 거 생각해 본 지 너무 오래됐어. 유치하기도 하고."

얼핏 당황했던 기운이 마지막에는 가시며 냉소적으로 변했다. '이게 지금 뭐 하는 짓이람?' 하는 모습에서 나는 거울을 보는 기분이 들었다.

필요하지 않으면 만나지 않고 이유가 없으면 대화는 잡담으로 치부한 나와 내 아내는 참으로 닮아 있었다. 함께하며 서로의 좋지 못한 모습까지 같아진 것이다.

"나부터 말해볼게. 당신도 알다시피 내가 예전엔 흥청망청 꽤 놀았거든. 돈을 뿌리면 여자에 남자에 죄다 모여들었어. 참고로 게이는 아니야. 아무튼, 인기가 대단했어."

"대학 때까지의 짧은 전성기?"

"흑역사지. 자다가 이불 킥을 할 만큼."

"꿈이랑 행복했을 때를 생각한 게 그때 그 시절이야?"

한심하다는 아내의 모습에 절레절레 고개를 흔들었
다. 정말이지 내 마누라 아니랄까 봐 잘못을 지적할 땐
바늘로 콕콕 찌르는 거 같다.

　"왕년에 원 없이 놀아본 놈이었다, 이 말을 하려던
거였어. 즐길 거 다 즐겨도 행복하진 않았더라, 이 말
이지. 그래서 훌훌 털고 자유롭기로 했어."

　음악 채널을 돌려서 자연 다큐멘터리를 틀었다. 티베
트의 자연림과 높다란 나무 아래에서 자연산 영지를 말
리는 토속적인 사람들이 마침 나오고 있었다.

　"설마, 산에 들어간다는 말을 하는 거야?"

　"비슷해. 저 정도로 깊은 산은 아니지만, 바람 따라
물 따라 걸으면서 격조 있게 살아보는 거지."

　자신이 있었다.

　비록 환경과 태생은 다르지만 내게는 전장에서 구른
에일락 반테스의 경험과 new century의 스킬이 있
다.

　"인생무상이니 염세주의라서 외면하고 살겠다는 게
아니야. 이른바 격이라는 걸 추구하겠다는 건데, 더 좋
은 것이나 더 많은 것보다는 본연의 가치와 이상의 투
영을 이 몸으로 체현하겠다는 뜻이지."

혈력 운용술과 전투 기술이 내 몸에 각인되었듯이 이들 역시도 내 세포 하나하나에 잠재됐을 게 분명했다. 더군다나 현대사회에선 공짜로 한 끼쯤은 얼마든지 해결할 수 있지 않은가.

"그래서 미안하고 무책임하게 아들마저 떠맡기는 못난 남편이 재산을 다 주려는 거야. 나 때문에 괜히 집값 비싼 여기 있었잖아? 팔고 한갓진 곳으로 가."

이웃사촌도 없고 고생만 많은 아파트 살림. 떠난다고 아쉬워할 사람 아무도 없으니 발붙이고 새로 출발해도 좋을 것이다.

새 집 팔고 헌 집 사면 차액으로 1억 남짓은 나올 것이다.

"기태한테도 하고 싶은 거 꼭 물어봐서 그거만 도와줘. 당신도 이제 당신 삶 사는 것처럼 기태도 자기가 원하는 거 하고 살면 되니까."

"애가 게임만 한다고 해도?"

"그럼. 대신 내 친구 태진이 알지? 걔처럼 미친 듯이 하는 것은 단속해 주고, 그냥 노는 거면 자기가 직접 돈 벌어서 하라고 해."

아내는 목이 타는지 포도주를 물처럼 마셨다.

술을 안 하는 사람인지라 얼굴이 빨갛게 달아오르고
있었다.

"애 초등학생이야."

"여태 나 때문에 고생해 놓고 또 아들 때문에 고생하
려는 거야? 그러지 마. 기태 엄마 말고 김은실의 삶을
살라고. 엄마가 뒷바라지만 하면 애가 우습게봐."

"당신 때문에 주눅이 들어서 아무것도 못 하는 애라
고."

"어차피 난 빵점짜리 아빠였는데 뭘. 난 사랑이 부족
한 놈이고 이제 와서 챙겨줄 수도 없어. 당신한테 이
책임을 다 떠넘길게. 비겁하다고 해도 좋아. 대신 게임
은 적당히 하게 해줘. 오늘 태진이한테 갔는데 그 녀석
자살했더라. 게임에 너무 미치면 결과가 안 좋아."

"도대체 무슨 소리를 하는 거람!"

아내는 심장이 쿵쾅쿵쾅 뛰는 걸 다독였다. 가슴에
손을 얹고 심호흡을 크게 하는 모습이다.

"알았어. 당신은 도인처럼 살고, 나랑 기태는 집 팔
고 행복하게 살려고 열심히 생각해 볼게. 그런데 생활
비는? 하고 싶은 거 찾았는데 그거만 생각하고 딱 반년
살다 죽을까? 말해보시죠, 상현 도사님?"

"호구지책은 걱정하지 마. 계좌로 따박따박 쏴줄 테니까."

백 일 수련하면 기틀이 딱 잡히고 그거로 사람들 기혈을 잡아줄 수도 있다. 현대 의학이 못 잡는 질환을 치료해 주면 무면허이긴 해도 돈 버는 건 우습게 벌 수 있었다.

라탄트라의 포션과 음양오행의 이치를 잘 찾다 보면 연금술 쪽으로 갈피를 잡을 수도 있을 것이다. 미래의 의약품이 뛰어나다곤 하지만 틈새시장은 분명히 있는 법.

고개 숙인 남성들을 불끈 일으키는 쪽이나 여자들 다이어트로 찾아보면 됐다.

자신이 있었다. 내겐 인류의 모든 지혜가 있다고 해도 과언이 아니니까.

조금 시간은 걸리겠지만 말이다.

내 기억의 서고에는 강유나의 모든 정보가 자리한 상태니 열심히 뒤져 보면 해결책은 분명히 나왔다.

물론, 이 이야기를 설득력 있게 할 수는 없으니 그저 믿어보라고 할밖에 없었다.

"미련하지만 열심히는 살았던 나를 믿어. 정 걱정되

면 그 돈으로 몇 달 쉰다 생각해도 좋아. 반년 안에 내가 증명해 줄 테니까."

"어디서 사이비 종교에라도 빠진 거야? 당신 진짜 이상해."

아내가 소파에서 일어나더니 내 이마에 손을 댔다. 자신의 이마에도 손을 얹고는 고개를 갸웃했다. '열이 있어야 하는데 왜 없지?' 하는 모습이었다.

"기태 아빠, 상태가 정말로 안 좋아. 다신 술 마시지 마."

내 앞의 병맥주를 들고 가서는 싱크대에 부어버리고 대신 미지근한 물에 약을 꺼내서 가져왔다. 얼른 먹고 냉큼 술이나 깨라는 뜻이었다.

"이거 먹고 내일 병원 가자. 정신과 상담 예약해 놓을게."

"에이. 이 사람이 멀쩡한 남편 어디 섬에 가둬두려고 그러는 거야?"

나름의 농담이라고 말하자 은실은 혀를 내둘렀다. 제정신인지 정신이상인지 도무지 분간할 수 없다는 모습이었다. 믿어달라고 거듭 주장할 수 없으니 그저 담담히 미소만 지어 보였다.

아내가 항복이라는 투로 한숨을 내쉬었다.

"아까 삼진아웃이라며?"

"한 번쯤은 넘어가 줘, 좀. 자꾸 이러면 확 병원 가서 옛날 모습으로 돌아가 버린다? 사시사철 이 모습이던 때로. 어때?"

졸업 사진의 엉성하고 딱딱하게 굳은 표정을 보였다. 아내가 입을 가렸다.

"그건 싫어. 우리 남편 아닌 거 같아도 지금이 좋아."

굳건하던 제방에 작은 틈이 난 것처럼 웃음소리가 더욱 커졌다. 어찌나 웃던지 눈물이 그렁그렁하게 맺힐 정도였다.

꽉 막힌 것을 풀어내던 웃음이 잦아들며 조금씩 울음이 그 자리를 대신했다.

나는 바지 뒷주머니에서 손수건을 꺼내 내밀곤 고개를 돌려 집을 둘러보았다.

물건 하나에 사연 하나씩. 사진 한 장에 추억 하나씩. 저 식탁에서는 어떠했고 침대에서는 무엇을 함께했던가. 차분히 반추하였지만 건조한 흑백사진의 일상만 오버랩 될 따름이었다.

식탁은 그저 밥을 먹는 곳이었고 침대는 잠을 자는 곳이었으며, 집은 모텔과 똑같은 기능을 수반하는 장소에 불과했다.

이 무채색 공간에 비로소 사람 냄새가 우리 둘 사이에 나고 있었다.

수면에 번지는 파문처럼 이 소파와 탁자에 하나의 사연이 새겨졌다.

"그 마음이면 다시 해도 잘할 수 있지 않아?"

물론 할 수는 있었다. 하지만 그럴 수 없었다. 앞으로 잘하자며, 이제 행복하게 해주겠노라며 이야기해야 옳았다. 그러나 나는 그러지 못했다. 신뢰가 깨진 탓이다.

"알잖아, 내 성격."

"이해한다면서도 안 돼?"

느릿하게 고개를 끄덕였다. 이해하였기에 그만큼 책임지는 것. 여기까지가 나의 한계이자 내 후회의 인생으로 완성된 펠마돈이었다. 그래서 나는 마음의 빚이 태진이에게도 있었다.

미래라는 이 시대를 벗어나기 전, 아내에게 보상해 주었듯이 현화에게도 보답을 해주어야겠다. 꽃다운 여고 시절의 현화 못잖게 현재의 여동생 역시도 충분히 행복할 수 있노라고 말이다.

참으로 과거 못잖게 미래도 해야 할 일과 만날 사람이 넘쳤다.

"기왕 멋있어질 거면 전부 다 변하지 그랬어. 왜 그 본성은 그대로인 거야?"

"어쩌겠어. 그래도 지금 정도면 쓸 만해졌지?"

"어. 지금만 같았으면, 그런 일은 없었을 거야. 정말로."

그녀에게 다가가 꼭 안아주었다. 등을 두드리며 잠시 그렇게 있었다. 이제는 괜찮다고, 내 책임이라고, 이해한다고 말하지 않았다. 그저 그렇게 서로의 체온을 나누었다.

밤은 이제 시작이었다. 그리고 기나긴 이야기의 끝에 동이 터올 무렵까지 환하게 켠 불은 꺼지지 않았다. 나는 어렸을 때부터 성장기, 함께하며 든 이런저런 상념들을 고백했다.

얼토당토않은 도인으로 어떻게 살 건지 정말 사실적으로, 있는 그대로 쭉 설명해 주었다. 아내는 유머가 늘었다며 웃었다. 뒤이어 아내 역시 자신의 삶을 이야기했다.

좋아했던 것, 싫어했던 것, 꿈이나 행복 같은 목표지
향적인 것이 아니었다. 시시콜콜하고 사소한 이야기가
태반이었다.

거실에서 자리를 옮겨가며 서로의 물건 하나에 담긴
별것 아닌 사연을 기억했다.

우리의 집이 처음으로 사람 냄새와 온기를 품은 첫날
이었다.

밤은 쉼 없이 흘렀고 어느덧 날이 밝았다. 일어나는
나를 그녀가 붙잡았다.

"가더라도 기태 좀 보고 가."

"그냥 없는 게 나은 아빠인 게 애한테도 좋아."

괜히 좋은 모습 보여주고 안 나타나는 것보단 그 편
이 나았다.

"간간이도 얼굴 안 보일 거야?"

"내가 도사의 길을 걸으려는 김에 도술 하나 보여줄
게. 열을 세는 동안 당신이 잠드는 거야. 편안하게 아
주 꿀잠에 빠지지. 만약 열을 셌는데도 잠들지 않으면
기태 보고 갈게. 어때?"

"정말이지?"

"알잖아, 내 성격. 한 말은 온 정성을 쏟아서 지켜."

"하여간 성격, 성격. 알았어."

옛날 앨범을 침대에 두고 아내가 숫자를 헤아리기 시작했다. 나는 호흡을 조절하며 작은 불을 연상했다. 모닥불에서 피어오르는 불씨.

따악- 딱.

소리를 내며 퍼지는 은은한 기운은 야영 스킬의 따스함이었다.

동조하여 심상을 투영하니 바람 한 점 없는 안방에 안온한 기류가 머물렀다.

이윽고 눈을 뜬 내 앞에는 곤히 잠든 그녀가 벽에 기대어 있었다.

'갈게.'

앨범을 치우고 아기처럼 편안히 잠든 그녀를 눕혀주었다. 이불을 덮고 조용히 문을 닫았다.

2.
new century 400년

쾌도난마로 가정사를 정리하니 내 손에 남은 것은 그녀의 계좌 딱 하나였다. 근처에 지내며 어디로 이사하는지, 집은 잘 구하는지, 나를 잊었는지 아닌지는 궁금해하지 않았다.

보면 다가가고 알면 참견하게 되며 간섭만큼 집착하게 된다.

내가 놓더라도 상대가 놓지 않으면 관계는 쉬이 끊어지지 않는 법.

나는 전 아내가 마음을 추스를 수 있도록 서울을 벗

어났다.

언제고 우연히 마주하면 죽마고우처럼 반갑고 가볍게
인사할 수 있을 것이다.

'어디가 좋을까.'

이제 내 거처. 이른바 거점을 정할 차례였다. 아무것
도 없는 빈털터리로 죽지 않고 사는 방법은 무엇일까?
보호단체나 빈민 거주 지구 같은 데에 들리지 않고 말
이다.

얌체처럼 일하지 않고 먹으려고 하니 영 마땅치가 않
았다. 나는 순환하는 지하철 의자에 앉아 터덜거리는
규칙적인 진동에 생각을 떠맡겼다.

종교 단체가 후원하는 곳에 갔다가는 개종부터 하고
수련원처럼 생활해야 했다. 정부 지원 센터에 가면 재
활 훈련하듯 기술을 배우고 부지런한 직장인을 목표로
살아야 한다.

있는 직장도 때려치운 마당에 다시 밑바닥부터? 뭐,
지극히 올바른 것이지만, 내 수련과는 매우 동떨어졌으
니 패스하자. 그럼 어디가 마땅할까. 머릿속 기억의 서
고를 검색했다.

초창기 펜던트를 이용할 때처럼 메모장을 띄우고 수

도권의 지도를 옆에 쫙 펼쳐서 관련 자료를 신문 스크랩하듯 연결하는 방식이었다.

익숙해지면 나중엔 유나처럼 순식간에 정보를 처리할 수 있게 될 것이다.

'우선 외곽지나 시골은 무조건 탈락이고.'

기본적으로 노숙하는 방법은 잘 운영되는 공공시설을 이용하는 것이다. 이를테면 밤 10시까지는 도서관에서 지내거나 병원 로비에서 지내는 방식이다.

물론, 온종일 있을 수는 없다. 12시가 되면 경비가 나가라고 할 테니 다음은 지하상가의 중앙통로에서 밤을 지새운다.

돈이 있으면 캡슐방이나 찜질방 같은 곳에서 가끔 편안하게 있어주는 것도 좋았다. 뭐, 스킬과 숨법이 있는 내겐 날씨 정도가 아무런 영향을 주지 못하지만 말이다.

하지만 도심을 완전히 벗어나서는 곤란했다. 그 이유는 끼니 해결 때문이다. 너무 바깥으로 가면 무료급식소가 없었다.

그러므로 이용할 공공시설이 있고 공짜 음식을 먹기에 불편하지 않은 위치가 좋은 거점이었다. 밥 먹는 시간은 오전 10시에서 12시로 단체마다 다르니 잘 조사해 두도록 하자.

이른바 노숙인의 행동 강령이다. 나는 쭉 이어지는 자료를 드래그해서 색깔을 칠했다. 옮겨 붙이기 하듯 싹둑 잘라서 메모장에 옮긴 그것들은 시시콜콜한 요령들이었다.

공짜 밥 제때 잘 먹는 비법은 딱 맞춰서 가기보단 최소 한 시간은 빨리 가서 줄 서야 한다는 거. 주의사항은 노숙자에게 술을 사주겠다는 사람을 조심하고 친절한 사람을 경계하며 돈을 대가로 명의를 빌려달라는 이들을 피해야 한다는 것이었다.

20년 전의 기억들이긴 하지만 지금이라고 크게 다르진 않을 것이다. 이 부분에 대해서는 주민센터의 인터넷을 이용해서 보강하기로 했다. 그렇게 상념을 이어나가던 때였다.

'좋은 냄새가 나.'

아쉽고 초조한 감정에 이어 그립고 반가운 감정이 아련하게 떠올랐다.

이 복합적인 감정을 불러일으키는 냄새의 출처는 앞에 서 있는 꼬장꼬장하고 허리가 곧추선 노인이었다.

바로 담배 냄새였다.

저도 모르게 코를 벌름거렸다. 옅게 풍기는 연초 냄새가 나를 유혹했다. 담배가 눈앞에서 어른어른했다. 니코틴이 나를 불렀다. 딱 한 궐련만 있었으면 좋을 텐데.

싱싱한 열아홉 살의 몸일 때는 몸이 원하지 않았었는데 서른아홉 살의 몸뚱이는 저 맛과 향기를 애타게 그리워하고 있었다.

고민하다가 이내 결단을 내렸다.

'피우자.'

어차피 산속 맑은 공기를 마시는 거랑 수련도 관계가 없는 마당인데 담배쯤의 기호는 즐겨줘도 괜찮을 것이다, 라고 나를 설득하곤 주머니를 뒤졌다. 그러나 말아 놓은 담배가 잡히지 않았다.

나는 위쪽 짐칸에 올려뒀던 배낭을 내렸다. 집에서 나오며 몇 벌의 옷가지와 칫솔, 치약, 수건, 슬리퍼 등을 담았었다.

몸을 단련하다 보면 신발도 나중엔 안 신게 되겠지만 당장은 필요한 필수품들이다. 그사이에 벨기에산 연초 봉투가 있었다. 도인처럼 살자면서도 버리지 못한 내

기호품이었다.

"어흠. 험!"

내리는 줄 알고 앉으려던 노인이 괜히 헛기침하며 주춤 물러섰다. 노련한 전사의 눈으로 보건대 신고 있는 등산화부터 스틱까지, 건강과 활력이 넘치는 분인지라 개의치 않았다.

나는 짙은 갈색의 연초팩을 열고는 숨을 흠뻑 들이마셨다. 비싼 담뱃값 아껴서 피우겠다며 말던 연초와 튜빙 머신도 꺼냈다. 내친김에 능숙한 손놀림으로 뚜껑을 열고 연초를 꾹꾹 눌러 담아서는 궐련을 뚝딱 만들었다.

이제 여기에 불만 붙여서 한 모금 딱 태우면 됐다. 그리 생각하고 흐뭇하게 웃고 있는데 앞에 있던 노인이 고개를 설레설레 흔들며 다른 자리로 옮겨갔다.

그쯤 빼어난 청력으로 혀를 끌끌 차는 노인의 혼잣말이 또렷하게 들렸다.

"저리 살아서 뭐 하누."

'누구?' 하고 보는데 노인의 시선이 '너다, 이것아' 라고 했다. 힐끗 옆을 보았다.

앉아 있던 사내가 얼른 눈을 감고 자는 척했다. 분명

히 나랑 눈이 마주쳤었는데 아닌 척한다. 마찬가지로
힐끔힐끔 나를 보던 이들이 시선을 돌리는 것을 보고는
웃고 말았다.

공원의 흡연 장소에서 담배 한 대를 태웠다. 재를
잘 털고 화장실에 들러 거울을 보니 낯선 내 얼굴이
비쳤다. 면도도 안 해서 수염이 까슬까슬하게 났고 점
퍼 대신 활동성이 편한 면바지와 면 티셔츠를 입은 남
자다.

그래도 하루 한 끼씩 먹으며 숨법을 수련한 덕분에
몸은 가볍고 피부가 깨끗했다. 안구건조증에 시력이 떨
어져서 안경을 썼었는데 지금은 없어도 저 멀리까지 똑
똑히 보였다. 겉은 허름해 보여도 속은 전보다 건강해
졌다.

면도는 나중에 하기로 했다. 단정함 대신 편함을 선
택한 것. 나는 공원 화장실의 물비누로 깨끗이 씻고
new century를 공부하고자 도서관으로 향했다.

여름이라면 시원한 분수를 뿜었을 분수대는 바닥을
보였다.

멀리에는 자전거 타는 아이들과 억지로 붙들려 와서

관람하는 학생들도 있었다.

도서관이지만 딱히 공부하는 사람은 찾기 어려운 풍경이다.

이를 보노라니 예전 졸업식 때 본 한 어르신이 떠올랐다.

저마다 스마트폰과 디지털카메라로 사진을 찍는 사이로, '사진 찍어드립니다' 라는 팻말을 세우고 있던 필름 카메라의 노사진사였다.

'분위기가 왠지 닮았어.'

서점은 망해서 사라진 지 오래. 비싸고 무게 나가며 크기와 비교하면 내용도 얼마 안 되는 책을 들고 다니는 사람은 어디에도 없었다. 랜드마크로 시도별로 하나씩 있는 도서관은 데이트 장소이자 야외공원의 역할이 전부다.

시대가 달라졌다는 이질감과 도서관 본연의 의도가 전혀 반영되지 않는 광경이 잘 어우러졌다. 이런 생각을 하는 걸 보면 나도 꼰대는 분명했다.

코인 로커에 배낭을 넣고는 입구에서 출입증을 발급받았다. 관리 직원이 들어가는 나를 힐끔 보았다.

그가 고갯짓하자 1층 열람실 앞의 여인이 안경형태의

영상기기인 Z&F 글래스의 테를 매만졌다. 그녀 앞에서 움직이던 영상이 오르골의 춤추던 발레리나가 동작을 그치듯 멈추었다.

"15시 28분 체크했습니다."

오뚝한 코에 도시미인형의 단발머리 여인이 묘하게 낯익었다. 아름답지만 보편적인 얼굴이라서일까. 길고 고운 손가락이 유난히 눈길을 사로잡는 그녀가 내게 말했다.

"이상현 씨 본인 확인했고요. 나가실 때는 저쪽 패스기에 인식만 해주시면 돼요. 첫 이용이신데, 주의사항을 들으시겠어요?"

고개를 끄덕였다.

"음식물 반입 금지고, 책 반출도 금지예요. 복사 및 제본 등을 하실 거면 코드넘버만 알아두시면 됩니다. 이용하신 도서들도 전부 체크기 찍는 거 잊지 마시고요."

"전부 다 말입니까?"

"네. 정리는 저희가 하니까 그대로 두고 가시면 돼요. 대신 파본이라 할 만큼 구겨짐이 심하거나 책이 젖는 경우, 또 정말 드물지만 찢어지는 일이 생기면 배상

하셔야 하고요."

종이책은 거의 사치품 수준인지라 꽤 값이 나간다. 구매층이 없고 일반 소비자가 원치를 않으니 아예 고급화로 딱 자리매김한 탓이었다. 대신 첨단기기인 캡슐과 전자기기 값이 저렴하다.

돈이 없다면 어떻게 되느냐 묻자 대답이 단순 명쾌했다.

"딱히 불이익은 없으세요. 그냥 도서 열람이 불가능한 대신 전자도서관만 이용하시면 되죠."

나중에라도 배상금만 딱 내면 얼마든지 회복되는 별것 아닌 제약이었다.

나는 북적북적한 외부와 달리 조용한 도서관 내부로 들어갔다.

주로 연령층이 사십 대 이상인 사람들이었다. 종이책의 질감과 향수를 못 잊어서 찾아오는 이들이었다. 나 역시도 그들 중 일부가 되어 검색으로 수월하게 찾은 new century 개론을 읽기 시작했다.

『 '역사에 도전하는 여행자'라는 new century의 부제(副題)와는 달리 실제 플레이어들이 본격적인 역사의 축조를 시작한 것은 4차에 이르러서였다.

이는 모두 일반적인 게임과 그 궤를 달리하는 살아 있는 역사를 섣불리 여긴 대가이기도 하다(필자는 1차와 2차까지의 우리 모두에게 조롱을 아낌없이 할 준비가 되어 있다. 모두가 공감할 테지만).

모름지기 지금까지의 게임은 세계관 전부가 플레이어를 위해 존재했다. NPC는 퀘스트를 주고 저들의 보물은 우리의 아이템이었으며, 역사적 사건은 해결해야 할 퀘스트에 지나지 않았다. 인형극의 주인공이 바로 플레이어인 것이다.

그러나 Z&F의 창의적인 걸작, new century는 달랐다. 어떻게 저런 세계관과 설정이 한 치의 오차도 없이 맞물려 돌아갈 수 있는지는 배제하도록 하자(그런 거 궁금해했다간 제명에 못 죽는다. 우리가 잘 알 듯, 옆집 잔디가 더 푸르게 보이는 건 착각이다).

자, 어느 마을에 여행자가 들어오며 이야기는 시작된다. 히어로이자 해결사인 우리의 등장이다. 그들은 우리에게 친절하고 화도 내지 않으며 아낌없이 내어주는 고맙고 한심한 사람들이다.

도둑을 쫓아낼 힘이 있지만 여행자들을 찾고 약초가 어디에 있는지 알면서도 그들은 직접 캐지 않는다. 만렙(보통 게임에선 99레벨이다)의 전직 용사이자 현직 대장장이는 전설의 무기를 먼지 뽀얗게 쌓인 채 보관만 할 뿐 휘두르지를 않는다. 플레이어인 당신을 위해서.

그런데 여기에 현실성을 조금만 부여하면 어떻게 될까? 그래도 마을 사람들이 듣지도 보지도 못한, 여행자에게 일을 맡기려 들까? 1레벨짜리 허접한테?

1차 new century의 시작은 의식을 잃은 우리가(여러분이) 착하고 능력 있는 여관 주인에게 구함을 받으면서 시작했다. 쉽게 생각하면 남에게 내 집의 방 한 칸을 내준 것이다.

지금까지의 게임이었으면 우리는 저들의 고민을 해결해 주며 우러름을 받으면 되었다. 그런데 현실적이 되면 이야기는 달라진다. 저들은 영리하고 모험자는 무식하다.

더군다나 그 손님이 무능력한 데다가 눈치도 없이 일거리를 내놓으라는 등 큰소리만 친다면 어찌하겠는가?』

물에서 건져 줬더니 보따리 내놓으란 격이다. 고마움도 모르는 후안무치한 놈으로 보이는 것이 정상일 터. 냉소적이지만 그렇기에 적확한 날 선 글이었다.

『그래서 얻은 불명예로 우리는 각 회차별의 오명을 짚어볼 필요가 있다. NPC들은 각 회차별로 여행자들을 이렇게 정의했다. 1차는 '귀찮은 여행자들'이었다. 이는 우후죽순으로 접속하여 저들의 삶에 기생하는 스타트 포지션과 관계가 깊었다.

2차는 '가증스러운 여행자들'이다. 시작할 때부터 모든 여행자가 노예 취급을 당했는데 놀랍게도 그 원인은 1차 플레이의 영향과 백 년의 역사 때문이었다.

바로 우리가(여러분이) 은밀하게 받은 저들의 퀘스트를 마구마구 공유한 탓. 현실 커뮤니티에서 나눈 퀘스트에는 귀족 NPC의 반란도 있었고 은밀한 사생활도 있었다.

사원(祠院)의 평생 염원부터 비밀이 파다했었다. 그걸 함구하기로 해놓고 나중에 보니 여행자들이 두루두루 알게 된 데다가 NPC들 역시 이를 듣게 됐다!

그래서 가증스러운 여행자가 됐다. 비밀 유지가 눈곱만큼도 안 되고 보상만 챙기려 한 우리(여러분) 때문에 2차 new century에서 여행자는 노예이자 도적 떼로 취급당했다.

그렇기에 쇄신코자 노력하였고 3차에서는 '탐험하는 여행자들' 드디어 4차에는 드디어 명예를 회복하여 '싸우는 여행자들'이라 불리게 되었다. 역사에 드디어 도전하게 된 것이다.

이제 그 각각의 역사와 사연을 관통하는 흐름을 짚어보기로 하자.

[선구자] 크리스티의 new century 개론 1장.』

 뉴질랜드 출신의 크리스티.

 게임 내의 정보저작권만으로 부자의 반열에 오른 그
녀가 정리한 이야기들은 명료해서 금세 400년의 주요
스토리를 알게 되었다.

 한데, 내게 큰 감명을 준 이름들은 정말 간단한 몇
구절로 끝이었다.

 에일락 반테스와 퓰라, 메그론과 같은 이름은 그저
'란티놀 제국 동부에서 일어난 사건'으로 간단히 치부
된 것이다.

 나름 영웅 급인데 고작 한 줄이 전부였다. 사실 영웅
급이나 됐으니 한 줄이나마 나온 것이었다. 400년 역
사에 비하면 란티놀이라는 제국 역시 하나의 흐름에 불
과한 이유였다.

 나는 에일락 반테스와 퓰라가 어떻게 패했는지. 그리
고 란티놀이라는 제국이 붕괴하고 다시 건국되는 과정
에 앞서 '여행자들'이라는 회차별 정의를 보았다.

 다행하게도 백과사전 급의 이 두껍고 거대한 책은 풀
컬러판에 재질까지 좋아서 넘겨보는 맛이 있었다. 귀를

간질이는 종이 소리와 함께 책장이 넘어갔다.

『우선 [체감도]에 따른 [자유도]만큼 큰 차이를 보이는
new century이기에 특정 국가와 지역만을 소재로 기술할
수 없음을 이해하여야 한다(국가 및 문화별 여행자의 선호도
는 부록을 참조하라).

1차에서 여행자들의 분탕질로 난장판이 된 중앙대륙(대표
적으로 멸망 직전에 몰린 [란티놀 제국]이 있다.)과 달리 북
동부의 [셋레인]과 그 너머의 땅에서는 혐오감 수치가 제로
에 가깝다.

이 배경에는 란티놀 제국과 적대적 관계였다는 셋레인의
[역사]와 여행자들의 분탕질(계약 위반과 배신)을 경험하지
못했다는 경험. 끝으로 접근성이 낮다는 지리적 요인이 있었
다.

한편, 혁명과 성전(聖戰=[누구]를 위한 전쟁인가)으로 왕
위를 빼앗은 극소수의 나라와 여행자들과 깊은 관계까지 이
르렀던 일부 귀족가문(new century판 로미오와 줄리엣=
[마르셀 백작가문]이 대표적이다)의 호불호는 전체 역사와
현격한 차이를 보였다.

또한, 여행자를 악의 축이자 벌레만도 못하게 여기는, 상
상 이상의 혐오감과 증오를 보이는 NPC도 있었다.

모두 각자의 경험에 따른 변화이기에 국가와 지역으로 딱 정의할 수 없는 것이 현실이다.

　이러한 까닭에 필자는 Z&F에서 여행자들에게 필수로 증정하는 스킬에 주목했다. 아울러 1웅 미만의 체감도로 말미암은 [정식 시나리오 퀘스트]를 [100인의 플레이어]와 함께 동시 진행하여 그 맥점을 정리했으니 스타트 포인트와 관련하여 이후 흐름을 유추하는 데 요긴하게 사용하기 바란다.」

　도서관의 시스템이 매우 훌륭했다. 책 중간마다 〔〕라는 표시로 된 부분은 테이블마다 마련된 '마크 Book'에 연동됐는데, 메모장을 만들 듯 손으로 테이블에 도형을 그리면 그만큼 투명해지며 관련 용어와 해석이 나타났다.

　체감도, 자유도, 란티놀, 셋레인은 지명과 위치의 개략적인 부분에서 설명 부분의 〔〕를 누를수록 더 심화한 정보를 읽을 수 있었다.

　그야말로 단지 클릭만 할 뿐인데도 끝이 보이지 않았다.

　특히 혁명과 성전이라는 단어에서 〔누구〕는 국가와 세력구도에 따라 다른 가문이 나타나는 놀라운 디테일을 보였다.

란티놀에서의 누구는 〔'인장관', '엔티아스 라빈토카', '공작'〕이며 세부 자료는 인장관과 엔티아스 라빈토카. 끝으로 공작이라는 계급과 그 지휘의 설명이었다.

이 역사서에서 풀라는 '멜도란을 점령하고 제국에 진격하였으나 제국의 초인, 컨템프 슈탄베트에게 격퇴당하였다'로 기술됐고 에일락 반테스는 '멜도란에 은거했던 메그론과 공멸하였다'로 적혀 있었다.

하기야 말이 400년 역사를 탐독하는 거지, 그게 한 세계의 400년 역사라고 하면 그 규모가 이 정도는 하는 게 당연하다.

'볼 게 너무 많으니 나중에 자세히 공부하기로 하고, 오늘은 개략이나 훑어야겠어.'

1차는 사냥과 생존 스킬이다.

우선 선구자라는 타이틀을 소유한 크리스티의 말대로 new century는 귀찮은 여행자들에게 스킬들을 공급했다.

내가 경험하고 익혔던 문신술과 전투술, 영령술 같은 보편 스킬이었다.

이 스킬로 플레이어의 활동 방향을 가늠하면 '여행

자' 라는 본래의 호칭과 딱 맞는 모험이 된다. 판타지 세계를 여행하는 이방인이었다. 이제 문제의 다음 시대로 갈 차례다.

'플레이어들이 없는 백 년 동안 전쟁으로 나라 몇 개가 없어지고 쪼개졌군.'

2차는 노예의 인장이다.

약속을 지키지 않고 비밀을 발설하는 가증스러운 여행자들! 못 믿을 것들이기에 화인(火印)이 찍혔다. 노예들에게 찍는 낙인과도 같았는데 이 화인을 거부하면 퀘스트를 받지 못했다.

그리고 화인을 찍은 상태로 플레이하면 퀘스트에 강제력이 발동하는 효과가 더해졌다. 이는 현실에서도 예외는 아니었다.

『new century에서의 비밀 발설에 따른 페널티와 달리 현실에서는 [공유] 정도에 따라 그 페널티가 정해졌다. 우선 온라인상에서의 정보 공개는 무조건 퀘스트 실패와 함께 [부랑자]의 화인이 추가된다(오프라인에서는 조심하면 되긴 했다. 소문이 퍼지는 순간 끝이지만).

부랑자는 최소 100일간 환경 미화나 봉사를 하지 않는 한 인간 취급을 받지 못했다. 물론, [면죄부]라는 유료 시스템이 있긴 하지만 계정 삭제->재생성이며, 생성 후 예외 없이 5일간 봉사 활동을 해야만 했다.

단, 예외가 있었으니 그것은 바로 귀의와 헌신, 회개라는 비밀 루트다. '귀의'는 해당 국가의 종교로 개종하는 것이고 '헌신'은 스타트 지점의 가디언으로 평생 머무르겠다는 맹세를 하는 것.

'회개'는 333번 자살하고 33번 구제받았을 때 1차의 권한인 '귀찮은 여행자들'의 기회를 돌려받는 것을 뜻한다(이 정보를 제공해 주신 '만패무사 양혁수' 님에게 감사의 뜻을 표합니다).

그러나 2차 new century가 종료되는 5년의 노력에도 바꾸지 못한 저들의 인식이 3차에서 확 바뀐 것은 다름 아닌 대대적인 기부 행사에 있었다. 어차피 서비스 종료되는 것, 아이템과 골드를 아껴둬서 무엇하랴.

1차 때는 '어차피 종료되는 거, 이 짓 저 짓, 다 해보자!' 였는데 2차 때는 대부분의 여행자가 기부 행사를 벌였다.

그리고 5년을 주기로 대거 나타났다가 신기루처럼 사라지며 모든 재산을 두고 가는 여행자들을 NPC들은 매우 좋아하게 되었다.」

다음 회차에서 탐험하는 여행자들이 된 까닭이 여기에 있었다.

휘발성이 아니라 여행자들이 찾아놓은 보물들을 다 두고 가니까 이곳저곳 돌아다니게 해준 것이다.

'이번에는 딱 백 년이 될 때를 대비해서 여행자 전용 스킬을 만들었어.'

대규모 합의를 통해 여행자들에게 전수할 스킬까지 딱 정한 NPC들.

그들은 무기에 담긴 고유 기술을 한 몸처럼 이끌어내는 귀속 각인술을 만들었다. 이는 실로 쓰임새가 딱 정해진 스킬이었다.

귀속 각인술은 기존의 문신술에다 노예의 화인, 여기에 여행자들 특유의 인벤토리까지 고려하여 만들어낸 NPC들의 작품이었다.

별자리를 정하고 무기를 검이면 검, 창이면 창처럼 종류를 선택했다.

그러면 스킬 형태의 특수 기술이 딱 생성된다. 이를 플레이어들은 필살기로 불렀는데 당연하게도 무기의 등급이 높아지면 필살기도 강력해졌다.

대신 자신이 선택한 무기류 이외의 것은 사용할 수

없는 제약이 있었다.

NPC들의 이점은 두 가지로 검 계열의 여행자에게 보물급 창을 가져오게 하는 방식과 이렇게 성장시킨 여행자는 열심히 활동하다가 사라지면 이들이 떠나고 남긴 무기는 NPC들이 획득할 수 있다는 사실이었다.

그래서 NPC들이 여행자들에게 아주 협조적이었다고 한다.

3차 플레이 역시 무기만 잘 귀속·각인시키면 전투력은 알아서 보장되기에 매우 수월했다.

'다음 백 년은 전쟁과 new century식 르네상스.'

3차에서 여행자들이 남긴 유산을 잘 쓴 NPC들 덕분에 구도가 또 재편됐고 승자는 제국체제를 굳혔다. 그리고 패자들은 와신상담하며 여행자들이 유입될 그 시즌을 노려 반전을 노렸다.

그리하여 이제 내년에 서비스가 종료될 4차 new century는 양 진영이 극명하게 갈렸다. 여기부턴 익숙한 세계관이었다. 천사와 악마, 뱀파이어와 성직자들로 대변되는 분위기였다.

패자는 대놓고 전용 스킬 흡혈(吸血)과 버서커

(Berserker)라는 직업을 준비했다. 금단의 스킬이니 어쩌니 하는 배경이 있긴 하지만, 어차피 5년 있으면 사라질 여행자들이니 몸 축내며 전투력 높이는 기술을 아낌없이 선사하였다.

반대로 기존의 승자는 자유로운 사제(Priest)와 팔라딘(Paladin)으로 대응. 첨예한 대립관계에 종교적 사상까지 얽혀서 진행 중이었다.

고대사보다는 근대사의 기록이 많은 것처럼 이 부분 역시 많은 자료를 자랑했다.

'대충 훑었고, 이제 나한테 필요한 걸 골라볼까.'

이제 큰 테두리를 보았으니 과거로 가져갈 부분을 찾기로 했다.

전체의 역사를 내가 달통한다고 해봐야 셰에라자드처럼 재미있고 유익한 이야기만 하게 될 따름. '옛날 옛날에'로 시작하는 게 아니라 '만약에'로 시작하는 차이가 있긴 하지만 말이다.

우선순위를 정하면 역시 그 첫째는 스킬 트리다.

new century의 스킬들은 현실의 무공 못지않은 정교한 능력이다. 저렇게 400년간 생성되고 소멸한 스킬과 플레이어들이 정립한 연계기술이라면 이블린과 한

나, 그리고 정혜란에게 매우 큰 도움이 될 것이다.

'역시 이용자 수가 엄청나니까 별의별 발상이 다 나오는구나.'

질은 양에서 비롯한다더니만 다채로운 스킬의 향연에 감탄사가 절로 나왔다.

미래답게 컨트롤이 미숙한 사람들을 위해 체감도 10%대의 효과적 연계 스킬이 레벨별로 정리되어 있었다.

'스킬트리와 에픽 급의 시나리오 정도로 new century는 가름해야지. 나머진 20년분의 문화를 봐야겠군. 한나한테 좋은 추억을 줄 겸 여주인공으로 삼아서 명품 영화를 찍는 것도 좋겠고. 이거 할 일이 너무 많은데?'

뮤지컬, 영화, 만화, 음악과 같은 문화는 생소하고 눈과 귀를 사로잡는 것이 매우 많았다.

비록 new century가 세계를 석권한 가상현실 게임이라고는 하지만, 냉정하게 보면 거기서 끝이었다.

이 기술이 딱 Z&F의 게임에만 한정되었기에 기존의 문화예술은 자리를 유지하고 있었다.

프로게이머가 직업이 과거보다 더욱 선망의 대상이

되고 유명한 스포츠 선수처럼 돈을 번다는 정도가 된 것뿐이다.

생명공학이나 과학기술 같은 건 오히려 예전만 못했다. 유나를 통해 구경한 것보다 미래가 더욱 모자란 상황.

'허영의 신진권이 만든 쫄쫄이 강화복을 여기에 적용하면 혁명이 일어나겠지.'

필시 Z&F가 가진 지식을 시대에 영향을 주지 않는 선에서 조금씩 뿌리는 것처럼 조절하는 모양새였다. 나중에 유나와 신진권을 만나면 몇 세기 앞선 첨단 문명을 만날 테니 무공을 회복하고 구경해야겠다.

그리 암기하다가 문득 시계를 보았다.

이런, 오후 6시라니. 밥때를 놓쳤다. 공짜 식사를 못하게 된 마당이니 어쩌랴. 주머니를 이리저리 뒤졌는데 여윳돈을 너무 조금 갖고 집에서 나왔나 보다. 달랑 8천 원이 전부였다.

세 가지의 선택지가 있었다. 이 돈을 잘게 쪼개서 하루하루 근근 식량을 사서 먹는 방법. 혹시 모르는 비상금이니 잘 아껴두고 오늘은 굶고 내일 꼭 무료급식을 먹는 방법.

물론 내 선택은 마지막 것이었다.

나오며 손가락이 유난히 길고 어여쁜 여직원에게 물었다.

"여기 식당은 어디 있습니까?"

세 번째는 오늘 배부르고 만족스럽게 먹는 방법이었다.

식당가로 내려가 메뉴로 떡국을 골랐다.

마치 영화관의 푸드 코너처럼 중식, 일식, 한식, 양식의 다양한 음식이 있었지만, 떡국을 고른 이유는 딱 하나.

내 코가 원해서였다.

예전에는 이러지 않았는데 마음가짐을 달리해서일까. 타인의 시선보다는 내 삶을 살고자 마음먹은 영향일 수도 있겠다. 메뉴를 고르는 기준이 냄새를 맡아보고 딱 당기는 음식이 됐다.

떡국 값이 7천 원이라 천 원이 남긴 했지만 얘기하면서 국물이랑 공깃밥을 추가해서 두 그릇 같은 한 그릇을 먹을 수 있었다.

텅 빈 보일러에 음식이라는 연료가 공급되자 차분하

던 몸에 활력이 돌았다.

이제 잠자리를 찾고 겸사겸사 수련도 할 차례다. 코인 로커에 잘 보관해둔 배낭을 꺼내 멨다. 500원 동전을 손으로 굴리며 우선 하늘을 보고 바람을 느꼈다. 3월답게 바람은 제법 싸늘했다.

'비는 안 올 거 같고.'

영하 1도 정도로 예상했다. 쏟아질 것도 없으니 괜히 지하상가에 들어갈 필요가 없었다. 나는 찌뿌드드한 몸을 풀고 몸을 단련할 겸, 잠자리를 정할 겸 도서관 바깥의 공원을 둘러보았다.

환하게 비추는 가로등길 아래로 각양각색의 사람들이 있었다.

넓은 인도 한쪽에 잘 닦인 조깅 코스도 있는데 그쪽으로는 착 달라붙는 운동복을 입은 매끈한 남녀들이 가볍게 뛰고 있었다.

같은 산책로인데 약수터랑 아파트 주변에는 아주머니 아저씨가 많고 바깥 도로에는 잘 차려입고 몸 좋은 사람들이 대다수이니 참 묘한 노릇이다. 그렇게 있을 무렵 뒤에서 말이 들렸다.

"미령 언니, 그럼 내일 봐."

"어. 너도 내일 필기시험 잘 보고."

돌아보자 왠지 낯설지가 않고 손가락이 곱다고 생각되던 직원이 다른 여직원과 헤어지고 있었다. 나는 미령이라는 이름을 가만히 되뇌었다.

내가 아는 소녀의 얼굴이 지금 저 아가씨랑 닮긴 했을까?

'성형했나 본데.'

산동네의 소녀를 성장시켜도 그녀와는 이목구비가 달랐다.

코를 오똑하게 세우고 쌍꺼풀을 깊게. 여기에다 턱선을 살짝 바꾸면 지금 저 여인이 될 법했다.

이 정도면 분명히 다른 사람이지만 그럼에도 저 손만큼은 내가 아는 소녀와 같았다. '손가락이 곱다'라는 이 느낌은 재능이라는 것을 꿰뚫어보는 안목과도 같은 표현이었다.

나는 굽 높은 구두를 신고 또각또각 소리를 내며 걷는 그녀가 곁에 지날 때쯤 넌지시 물었다.

"정상호 씨 따님인 정미령 씨 맞으시죠?"

"누구시죠?"

"이제 음악은 안 하시나 보군요."

그녀는 경계의 눈초리로 주머니에서 무언가를 잡았다.

대꾸 없이 꾹 누르려는 그 모습에서 여차하면 신고하려고 하는 여성의 보호본능을 보았다.

"다른 생각이 있어서 그런 건 아니었습니다. 본래 재능이랑 관계없는 일을 하시는 것 같아서 그런 거지요."

"전 음악 같은 거 몰라요."

그녀의 대답과 함께 나는 묘한 기시감을 느꼈다. 분명히 조금 전까지는 사람보다 손이 더 기억날 만큼 '곱다'라는 감각이 사라진 것이었다.

마치 늦가을 애처롭게 매달려 있던 잎사귀가 떨어지는 것 같았다.

"피아노를 매우 잘 쳤던 것으로 기억합니다만."

"무슨 말씀 하시는지 모르겠네요. 그런 거 못해요. 그리고 저를 어떻게 아세요?"

떨어진 잎이 황갈색 낙엽이 되었다.

뾰족한 구둣발이 이를 밟았다. 더는 그녀의 손이 곱지 않았다.

내가 아는 소녀의 모습을 찾지 못한 미령 씨에게 정

중히 인사했다.

"아무래도 제가 착각했나 봅니다. 사과드립니다."

건널목을 건넜다. 내가 아는 정미령과 이곳의 정미령은 다른 삶을 살았는데, 그만 실수를 하고 말았다. 둘을 같은 사람으로 보았으니 내 착각이 맞았다.

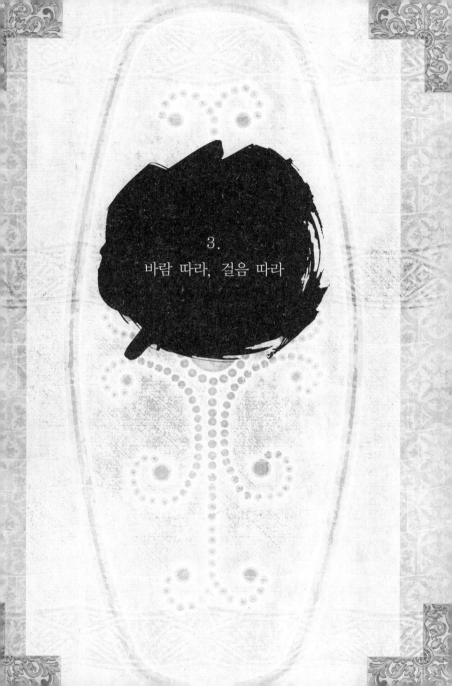

3.
바람 따라, 걸음 따라

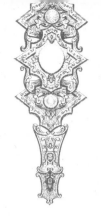

　공원의 흙바닥 위에 앉았다. 일어나서 열 걸음만 걸으면 무료급식 차량이 오는 명당이었다. 나는 신발을 가지런히 벗었다.

　다리를 앞으로 쭉 뻗고 상체를 숙였다가 다리를 좌우로 벌린 뒤 손으로 발목을 잡고 스트레칭을 했다. 그후 책상다리를 하고는 양손을 아랫배 앞에 포갰다. 숨을 조절하며 사용하는 스킬은 야영이다. 이내 차갑고 매서운 바람이 포근하게 가라앉았다.

　'밤새도록 기력 활성과 마력 응집을 교차 운용해 봐

야지.'

나는 스킬을 몸에 익히며 낮 동안 본 정보를 차분하게 정리했다. 서서히 의식이 무의식의 범위를 넘나들며 몰아지경에 빠졌다.

그리고 이튿날의 일이었다. 비치는 햇살에 눈을 뜬 그날 아침, 놀라운 상황에 직면해 있었다. 어깨와 머리에 산새가 앉아 있었고 내가 벗어둔 신발에는 동전과 지폐가 담겨 있는 것이었다.

"어? 깼다!"

"우와, 저러고 밤샌 거 맞지?"

"봐봐. 새들이 같이 자고 있어. 깼는데도 안 날아가."

동이 튼 시각. 저마다 찰칵찰칵 소리를 내며 나를 찍고 있던 행인들이 열 걸음 너머에서 구경 중이었다. 머리와 어깨의 새뿐 아니라 무릎 위에는 길고양이 두 마리가 사이좋게 엎드려서 자고 있었다.

동물은 거기서 그치지 않았다. 배낭을 베개처럼 베고 있는 버려진 개. 코를 맞대고 장난치는 청설모에, 까치가 함께 어울렸다. 동화의 한 장면 같은 이 모습이 나조차 흥미로운데 다른 이들은 오죽하랴.

사람들이 동물원의 호랑이 구경하듯 모여 있는 것이 당연했다.

'이 녀석들, 이불 좀 같이 덮자 이거구나.'

나를 중심으로 한 좁은 반경에 있으면 추위도 가시고 몸 상태도 쾌적하며, 다친 곳도 쉬이 낫는다는 것을 동물들은 본능적으로 알았다.

반대로 사람들은 다가와서 그 효과를 느꼈음에도 '날씨가 따뜻해졌나?' 하며 물러설 따름이었다.

중요한 건 이유야 어찌 되었든 간에 함께 나누고 누릴 수 있는 야영 스킬의 혜택을 사람들만 받지 못한다는 사실이었다.

'앞으로 이 스킬은 삼가야겠어.'

의심과 망설임은 같은 의미라서 나를 위기에서 보호할지언정 결단을 더디게 한다. 모름지기 한 번 놓친 기회는 다시 거머쥐기 쉽지 않은 법.

오늘 이후 지금처럼 눈에 띄게 야영 스킬을 사용하지 않을 것이니 저들은 이 혜택을 경험할 수 없을 것이다.

"잠시 길을 내어주십시오. 여러분이 막고 있어서 동물들이 나갈 길이 없군요."

서로서로 보며 키득키득 웃고 수군거리며 길을 내어

주었다. 그사이 나는 손을 살며시 들어서 어깨 위의 새를 손바닥 위에 올렸다.

톡톡 건드리고 깃을 쓰다듬어 주자 작은 새 역시 내 손가락을 콕콕 찍었다. 뒤이어 유지하고 있던 야영 스킬을 해제하며 휘파람을 길게 불었다.

작은 새가 하늘로 날았다. 짐승들이 저마다 공원의 사람들을 피해 도망했다. 구경꾼들은 손 내밀면 바로 닿을 거리에서 재빨리 지나는 동물들을 보곤 놀라워했다.

이제 저들이 내게 다가와 이런저런 질문을 해서 번거롭게 할 차례다. 자리를 피하기에는 기도비닉을 쓰는 게 효과적이니 나는 기력을 운용하며 주위 사물에 동화되는 은신의 호흡을 사용했다.

"어? 야, 그 사람 어디 갔어?"

"희한하네. 내가 헛걸 봤나? 아침부터 귀신에 홀린 것도 아니고."

"찍은 건 그대로 있지? 없으면 진짜 소름 돋을 거 같아."

곧 구경꾼들이 주위를 두리번두리번 거리며 앞에 있는 나를 찾아다녔다. 그리다 뚱뚱한 한 청년이 소스라치게 놀라더니 아래 위를 번갈아 보았다.

액정 화면 속에 비치는 나와 정면으로 봤음에도 인식되지 않는 나를 비교한 거였다. 눈을 연신 비볐다. 그 괴리감이 귀신처럼 보였을 터다. 그는 오한이 온 듯 몸을 부르르 떨며 도망쳤다.

그쯤 다리 어림에서 뭔가가 움직였다. 무릎 위에 있던 갈색 고양이 한 마리였다. 다른 동물들은 저만치 가고 없는데 혼자 남아서 빤히 올려다보고 있는 그 녀석에게 물었다.

"같이 지내자고?"

들어서 눈높이를 맞추자 내 코를 핥았다. 다른 동물은 몰라도 고양이에게는 내가 빚이 있긴 했다. 일전에 산동네에서 일그러진 륜을 실험한다고 괴롭혔었고, 그 때문에 이용택 관장이 죽여 버리는 일이 있었으니까.

"너도 내가 낯설지 않으냐?"

삶은 산처럼 무거우나 죽음은 깃털처럼 가볍다는데, 연(緣)이 있긴 한가 보다. 그때는 잘못했으니 이번에는 고양이에게 잘해줘야겠다.

"지금은 도서관을 가야 해서 안 돼. 나중에 공부 끝나면 같이 지내자. 1년 정도면 될 거야."

고양이는 다가와 뺨을 비비더니 재빨리 사람들의 시야 너머로 사라졌다. 저 녀석이 말을 알아들었는지 그냥 나 혼자 떠든 것인지 모르겠다.

그래도 통했다는 기분이 드는 걸 보면 이런 게 교감이라는 건가 보다.

'착각이면 그냥 웃고 넘기면 되고.'

신발의 돈을 헤아렸다. 야영 스킬 덕분에 일어난 호객행위로 번 불로소득은 4만 원 돈. 이만하면 한 끼는 든든히 먹을 만한 돈인지라 오전에는 혈력을 수련하기로 했다.

수련 재료는 당연히 먹을 것이었다. 위장이라는 연료 탱크를 채울 겸 편의점에 들러 빵과 초콜릿, 우유를 구매했다. 배낭 가득 넣고 기도비닉을 유지하며 걸었다.

한갓진 공원에서 딱 기마 자세를 했다. 수련 무공은 일점집중의 권이다. 나는 초창기 불가해의 유적에서 보았던 광경을 떠올렸다. 옛 선인이 시대를 아득히 넘어서 전수하던 그 순간을 투영했다.

아랫배에 가지런히 두 손을 포개고 두 눈을 감았다. 피의 흐름과 근육의 긴장. 뼈의 움직임을 되뇌며 우선 제임스의 완벽한 동작을 연상했다. 다음으로 그보다 작고 왜소한 내 신체에 맞게 형을 조율하였다.

다음은 근력만으로 걸음을 내디디며 권을 뻗었다. 연거푸 다섯 번을 하며 보폭과 팔의 높낮이, 숨의 깊이를 정리했다. 그리고 비로소 진짜 수련을 하고자 눈을 떴다.

'불(火).'

자가최면을 걸었다. 진실이라고 확신하며 스스로 나를 속였다. 혈력은 불꽃이고 내 몸으론 용광로 같은 열기가 넘나들고 있다고. 내 몸은 폭발하기 직전의 화산이라고.

이윽고 일점(一點)에 집중(集中)했다. 정면의 나무를 관통할 듯이 노려보며 딱 찍은 하나의 점이 거대하게 확대되는 착각에 깊이 빠졌다.

온몸의 긴장이 최고조에 이르는 순간, 발이 땅을 찍고 몸이 틀어지며 장전된 대포알이 무섭게 나아가듯 주먹이 허공을 때렸다. 곧, 나선형의 돌풍이 팔에서부터 일어나 저편 나무에 닿으려다가 허공에서 사르르 풀려 버렸다.

첫술에 이 정도 파괴력이면 실로 만족할 만한 성과였다. 하지만 제임스가 아닌 이상현은 쓰는 순간 온몸으

로 딱 알았다. 이건 나 같은 일반인이 감당할 무공이
아니다.

수전증에 걸린 양손이 덜덜 떨렸다. 다리가 후들거렸
다. 안에 있던 에너지를 단번에 몽땅 쏟아낸 여파였다.
얼른 배낭을 열고 빵과 우유를 뜯었다.

마시고 씹고 단박에 모두 삼키자 조금 살 것 같아졌
다. 정신을 집중하여 몸 상태를 점검하니, 아니나 다를
까. 뼈와 근육이 부서지고 찢어지기 직전이다.

이건 포션이나 Z&F의 전용 회복실을 이용하지 않는
한 먼저 골병들 무공이었다.

'권과 대수인은 포기하자.'

이상현이라는 보통 남자에게 맞는 다른 무공을 물색
했다. 파괴력이 조금 부족해도 안정적인 무공을 추리니
만상수(萬象手)와 풍류보, 유수행. 108수의 환혼장벽
과 에일락 반테스의 검술과 격투술이 나왔다.

질충이나 질풍의 파생스킬은 배제한 숫자였다.

'검과 창도 마련할 수 있으면 마련해야지.'

무공은 저리 치워두고라도 에일락 반테스의 무예만
익혀도 소드 마스터의 경지를 넘볼 수 있다. 나는 몸을
추스르며 한 번씩 무예를 수련했다.

그리고 무료배식을 먹은 뒤 어제와 마찬가지로 도서관으로 향했다.

넓은 홀을 지나 입구에서 어제와 같은 풍경을 보았다. 한가하고 저마다 따분한 시간을 보내는 직원들이었다. 그중 테이블에서 방문객에게 도움을 주는 단발머리의 미령이 역시 있었다.

도서관 업무일까. 하얀 종이에 만년필로 글을 쓰던 그녀는 나를 보곤 입술을 꾹 깨물었다. 어제 괜히 아는 척한 것이 여러모로 불편했던 모양이다. 다가가 사과하기로 했다.

"실례했습니다. 앞으로 그런 일은 더 없을 것을 약속합니다."

범죄자 보듯 하는 그녀를 안심시킬 겸 야영 스킬로 공기를 온화하게 만들었다. 불편해하지 말라는 작은 노력이었는데, 스킬의 효과는 생각보다 더욱 뛰어났다.

경계심만 누그러뜨린 것이 아니라 마음의 빗장까지 열어버린 것이었다. 미령의 굳은 안색이 옅게 풀렸고 잠시간 몇 번이고 망설이던 그녀가 말했다.

"그 사람 잘 알아요?"

'사이가 꽤 안 좋았었나 본데.'

미령이와 나 사이의 대사에서 그 사람이라고 할 만한 인물은 그녀의 아버지, 정상호뿐이었다. 타자를 지칭하는 듯 말하는 딸과 아버지라니. 무언가 속사정이 있어 보였다.

"일전에 산동네에서 잠깐 뵌 적이 있는 정도였습니다. 따님이 음악에 재능이 있다고 하셨었지요."

"예전엔 그랬어요. 유일한 친구였죠. 그런데 미친 목사 하나 때문에 다 없어졌어요."

산동네에서 목사라면.

"혹시 장필모 목사?"

"네. 미친 목사가 저한테 마귀가 쓰였다고. 죄악을 씻어내야 한다고 했죠. 그리고 그 사람은 그 미친 목사 놈의 말을 들었어요. 제 손을 묶고 못 쓰게 했고 귀도 막았으니까."

내가 아는 인물과는 정말 다른 사람 이야기를 듣는 것 같았다. 거리를 청소하고 따뜻하게 웃어 보이던 장필모 목사가 저런 편협하고 몰지각한 행동을 했다니. 나는 주위를 보곤 그녀와 함께 도서관의 휴게실로 이동했다.

남은 이야기를 들으며 알게 된 원인. 그녀를 사탄에

게 씌운 악녀로 몬 것은 차근차근 실력을 보인 과거와 달리 미래에는 외로움에 사무친 미령이가 돌발적으로 신들린 피아노 솜씨를 보인 탓이었다.

"누군가 막 부르는 것 같았어요. 제가 생각해도 신기할 만큼 속주로 연주했었죠. 다른 사람은 모르는 제 친구가 분명히 있었어요. 저를 모두 이해해 주는 항상 곁에 있어주는 친구가."

미령이는 기쁜 마음에 웃었고 해방감에 울었다고 했다. 아름다운 멜로디는 폭발하는 감정을 싣고 미지의 무언가를 표현했고 그 모습은 건반 위를 미친 듯이 질주하는 것과 같았다고 한다.

그리고 이를 장필모 목사가 보았다. 미친 듯이 웃는 상태로 눈물을 하염없이 흘리며 엄청난 연주를 하는 미령이를. 참으로 비정상적인 그 모습에 장필모 목사가 떠올린 단어가 바로 사탄이었다.

그 광경에서 천재성을 연결시키는 건 솔직히 무리였다. 다그치며 죄악을 씻어내자는 장필모 목사에게 미령이는 아니라고 말했다. 친구가 불렀을 뿐이라며 장필모 목사에게 소개했었다. 오직 미령이의 눈에만 보이고 귀에만 들리는 친구를.

"그게 최악이었어요. 아무도 저를 믿지 않았죠."

장필모 목사는 미령이를 미쳤다고 판단했다. 그는 정상호를 설득했고 학교에도 찾아가 사정을 이해시켰다. 학업성적이 뛰어나지 못한 그녀라 어른에게 신뢰를 받기엔 부족했다. 상식의 선에서 볼 때 미령이는 충분히 비정상이었다.

이후의 일은 억압과 탄압, 구속으로 정의되는 시간이었다. 막 개화하려던, 꽉 눌렸던 만큼 크게 치솟으려고 했던 그녀의 재능을 거세하는 괴로운 나날이 이어졌다.

그리고 미령이를 정상을 돌리려는 저들의 노력은 결국 목적을 달성했다. 중학생 미령이가 마음의 문을 완전히 닫고 스스로 날개를 잘라내는 데 성공한 것이다.

착한 학생이 되어 성장한 미령이는 집을 나왔다. 꼭 필요하지 않았지만 철저하게 성형수술을 하여 외모를 바꿨고 과거를 잊고자 노력했다. 그녀가 나중에 해낸 최대한의 저항이었다.

부친이 사망했다는 소식 역시 제3자에게 연락을 받았을 뿐, 얼굴을 비치지 않았다. 그랬는데 내가 부친의 이름을 들먹이면서 그녀를 아는 척한 것이다. 이것이 누구에게도 말하지 못하던 그녀의 과거였다.

"다른 섣부른 말은 못합니다. 하지만 이것 하나는 분명히 말씀드릴 수 있겠군요."

나는 불가능하지만, 평화의 불씨를 연상했다. 완벽하게 그 효과를 재현할 수는 없겠지만, 저 흉터를 다독이는 데 조금이나마 도움이 되기를 바랐다.

잠시 그녀가 생각을 추스를 수 있도록 기다렸다. 낯선 이에게 자신의 속내를 밝히는 것이 스스로 혼란스러울 것이다. 지금은 야영의 분위기에 알게 모르게 취했지만 지나고 나면 당혹할 터였다.

그 혼란이 적기를, 아무렇지도 않게 일상에 돌아갈 수 있기를 염원했다. 뒤이어 다가가 그녀를 안고 등을 두드려 주었다.

첫 단추가 잘못 끼워지는 바람에, 주위에 좋은 사람이 없었던 까닭에 참으로 고생했다.

"당신 잘못이 아닙니다."

당신의 책임이 아닙니다. 그러니 이제라도 자신의 삶을 살고 행복하기를 바랍니다. 정말로 그 일들은 당신의 잘못이 아니었습니다.

하루, 하루가 그리 흘렀다. 계획했던 대로 공부하고

돌아와서는 공원에서 수련 겸 잠을 자는 행위의 반복이
었다. 젖은 자는 비를 두려워 않고, 벗은 자는 도둑질
을 두려워하지 않는다는 말처럼 타인의 시선으로부터
나는 완벽히 자유로웠다.

첫날의 촌극이 있었기에 꼭 필요한 때가 아니면 야영
스킬을 쓰지 않았고, 대신 운용법만을 다듬었다. 체열
을 높이는 것만으로도 추위를 이기는 데는 적잖게 도움
이 되었다.

문제랄 게 아주 없는 것은 아니었다. 첫날 보낸 갈색
고양이가 자기 친구들을 데려온 터라 내가 공원에 있을
때면 고양이들이 여러 마리 모이곤 한 탓이었다. 작은
해프닝이었다.

그러던 어느 날.

3월이 지나 4월 초에 두 무리의 사람들을 만나게 되
었다.

처음 무리는 세 명의 젊은 남녀였다. 그들은 12마리
로 늘어난 고양이들 사이의 나를 보고 있었다. 등산화
를 신고 짧은 스포츠형 머리로 카메라를 든 덩치 좋은
사내는 큼직한 촬영 장비를 들고 있었다.

싸늘한 날씨임에도 땀을 흘리는 셔츠 차림의 뚱뚱한

안경쟁이는 조금 뒤에서 연신 재채기를 했다. 고양이 알레르기가 있는 모양새였다. 끝으로 긴 생머리를 질끈 묶은 노란 운동복 차림의 여성은 반대로 고양이를 사랑스럽게 보았다.

"저기 괜찮으시면 좀 가까이 다가가도 될까요?"

화장기 없고 쌍꺼풀 없는 수수한 얼굴의 그녀가 내게 말했다. 나는 그녀의 목소리에 과거 강하성 소장의 아내였던 주영순이 생각났다.

그 하나만으로도 괜스레 친근하게 느껴졌다. 목소리의 마력이라기보다는 멀어지기 전, 함께 오붓하게 지냈던 때가 생각났다는 반가움 때문이었다.

"가까이서 찍고 인터뷰도 했으면 싶어서요."

"방송국입니까?"

"아뇨. 그냥 개인 방송이에요. 나름 유명한데 선생님은 잘 모르시는 그런 정도죠."

묘한 유명세에 어중간한 표현이었다. 다시금 그녀의 얼굴을 보니 모델의 그것처럼 화장하고 잘 꾸미기에 따라 팔색조 같은 매력을 뽐낼 수 있는 바탕임을 알았다.

저 외모와 친근감에 목소리. 어떤 개인 방송인지는 모르지만, 꽤 유명할 것이 분명하다. 오로지 그녀를 보

고 목소리를 듣기 위해서라도 돈을 지급할 용의가 생길
정도니까.

"고양이들 때문이라면 얼마든지 찍어도 괜찮습니다."
당연하다는 듯 그녀가 추가 요구를 했다.
"선생님 사연도 같이 담기도 하고요."
"그 기대에 부응하기는 어렵겠군요."
대답하고는 슬쩍 말을 덧붙였다.
"이별의 아픔 속에서만 사랑의 깊이를 알게 된다지
요."
"사별하신 건가요?"
담담히 웃어 보였다.
"선생님은 모르시겠지만 저희가 엄청 오래 학수고대
했거든요. 정 그러면, 간단한 샷 정도는 괜찮죠?"
수긍하자 여자는 '사실 이미 몇 번 올리기도 했어요'
말하곤 혀를 쏙 내밀었다.
"별다른 이슈가 되지는 못했나 보군요?"
"그냥 고양이랑 선생님 사진이 전부라서요. 요즘 특
별한 일들이 하도 많아서 이 정도론 좀 약하다랄까."
'감춘 거 빨리 보여주세요!' 하는 모습에 나는 대꾸
없이 벗어놓은 신발을 잡았다. 이제는 매우 좋은 돈벌

이가 된 구걸 아닌 구걸.

사람들이 나를 구경하고 돈을 두고 갔는데 이번에는
놀랍게도 5만 4천 5백 원이 있었다.

고고한 자태를 뽐내는 5만 원권의 위용이라니.

두 손을 가지런히 모으고 나눔을 베푼 누군가에게 감
사의 마음을 전했다. 이를 본 여성이 성큼 다가왔다.
은은하게 뿌린 향수가 코를 스쳤다.

"혹시 종교가 어떻게 되세요? 불교인가요?"

"무교입니다."

"그런데 왜 합장을 하신 건가요?"

"두 손 모으는 게 특정 종교만의 것은 아니니까요.
이 돈은 그쪽이 둔 겁니까?"

그녀는 자신의 이름을 김은지라고 소개하며 대답했
다.

"그 돈은 아까 어떤 할머니가 두고 가셨어요. 이렇게
절도 하셨죠. 아깐 비주얼이 딱 거사(居士)님이셨거든
요. 그래서 말인데 가명으로 하고라도 촬영하면 안 될
까요?"

배낭을 다시 메는 것으로 답을 대신했다. 그리고 몸
을 돌리는데 아까까지 뒤에 있던 두 사내가 허겁지겁

내 앞을 가로막았다.

"선생님, 그냥 짧게만이라도 부탁합니다."

강압적으로라도 하려는가 했는데, 웬걸. 돈 봉투 꺼
내고 넙죽 고개를 숙이며 부탁하는 것이 아닌가. 카메
라 든 덩치 좋은 남자는 허진석, 뚱뚱한 이는 조용수라
고 자신을 밝혔다. 조용수는 고양이 때문에 기침만 연
신하기 바빴다.

"그간 봤다시피 그냥 노숙잔데 뭘 인터뷰한다는 겁니
까?"

"은지 씨가 촉이 좋거든요. 에취!"

"그리고 선생님이 아침에 꼭 어딘가로 가시는데 아무
도 어디에 계신지 모른다고 하고요."

당연한 일이다. 은신 상태의 내 뒤를 쫓는 건 유나나
신진권이 아니면 현실에선 불가능한 일이다.

"찾다가 못 찾은 건 아니고 말입니까?"

김은지가 내 옆에 바싹 붙었다.

"사실 저희가 꽤 쫓았는데 못 발견했어요, 선생님.
저희는 그냥 없다고 여기시고 일상을 조금만 촬영해도
괜찮을까요?"

"말했던 대로 별로 볼 것도 없는데 이유가 뭐지요?"

"감이죠, 감. 왠지 선생님한테 좋은 느낌이 들어서요."

환하게 웃는 그녀와 재채기를 하면서도 엄지를 추켜올리는 조용수였다. 둘을 보고 어깨를 으쓱 올리는 허진석이 이 중에서는 가장 평범해 보였다.

내가 아는 어느 파티와 똑 닮은 구성이었다.

물론 이블린을 김은지로, 클라우드를 조용수로, 양혁수를 허진석으로 동치시키기엔 부족함이 많았다. 그럼에도 풀라의 던전에서 마주했던 이블린 파티가 떠오른 이유는 뭔가 열심히 하려는 젊음 탓이었다. 태진이가 싫어했던 클라우드의 전용 멘트도 '딱 보면 알아요'였고.

'열정은 청춘에 어울리는 최적의 질료라더니.'

김은지가 느꼈다는 좋은 '감'이란 건 방송 분량을 뽑아내고 이슈가 될 만한 요소를 내게서 감지했다는 뜻. 하지만 그것만으론 부족했다.

꽤 유명할는지 모르나 소개가 대충이고 내뱉은 단어는 학수고대였지만 막상 요구하는 건 가벼운 인터뷰였다. 여기에 대뜸 낚싯바늘에 떡밥을 걸듯 돈 봉투를 내밀다니, 썩 마음에 들지 않았다.

"요즘 특별한 일이 많다고 했었지요."

나는 돈 봉투를 받아 들며 허진석에게 물었다. 알고 있으면 이야기해 보라 하니 그가 대답했다.

"종교적 체험을 하신 분들의 사연들이 유난히 많아졌습니다. 선생님처럼 고양이와 대화를 하는 듯한 동물원 사육사에 대해 아실지 모르지만, 일상의 달인이란 방송에 나오는 분들도 마술 같은 묘기를 부리게 됐지요."

"그뿐만이 아니에요. 조각이랑 그림도 걸작품이 유난히 많이 출품되고 피아노, 바이올린 같은 악기도 백 년에 하나 완성될까 말까 하다는 작품들이 연거푸 완성됐다고 해요."

김은지가 곁에서 추임새를 넣었다. 조목조목 거론하는 물건들과 놀라운 인물들에는 말 그대로 모든 분야를 총망라한 인물들이 대거 포진되어 있었다.

신기록을 달성한 운동선수가 환희하는 것도 잠시, 다음 선수가 기록을 경신하는 사건도 심심찮다고 말했다. 이 모두가 한 달 사이에 일어난 일이었다.

남녀노소를 막론한 그들의 공통점은 저마다 한길을 꾸준히 걸어온 이들이라는 것.

'태진이의 자살 이후로 일어난 사건들이고.'

필시 패배한 곤바로스가 아닌 초월자가 승격하며 세계에 선사한 선물로 짐작됐다. 이 하나만으로 평가하기엔 무리가 있지만, 곤바로스에 비해 왠지 초월자가 더 선하고 제대로 된 신 같았다.

　"놀랍군요. 혹시 초능력자라도 생긴 겁니까?"

　"아뇨. 종교인들은 대부분 모시는 신의 목소리를 들었다고 말은 하는데, 영적 체험이니 뭐니 하는 건 전혀 증명도 안 됐죠."

　"그냥 천국을 봤다고 하는데 그 설교에 디테일이 살아 있게 된 정도입니다. 거기서도 수행하시는 분은 다들 큰 효과를 보셨지만, 이름만 유명한 사람들은 체험도 못했다고 하지요. 대신 무당분들은 하늘이 열린 날이라며 개천절을 새로 정하자고까지 했어요."

　제정될 리 없었지만, 참으로 딱 맞는 소리였다. 암, 개천절이 분명했다.

　"저처럼 고양이랑 친한 정도는 정말 화제도 안 되겠군요."

　"사실, 그렇죠. 근데 요즘 들어서 부쩍 좋아진 제 촉이 선생님에게 딱 꽂혔어요."

　나는 쥐고 있던 돈 봉투를 돌려주었다.

"흥미로운 이야기 잘 들었습니다. 말했던 대로 기대에 부응하기는 어렵겠군요."

"선생님, 그러지 마시고요."

뒤이어 무어라 말하려는 그들에게 고개를 젓고는 오전 식사를 하고자 식당으로 향했다. 중간에 내 어깨를 허진석이 꽉 잡았지만, 툭 털어냈다. 뒤로 그들의 이야기가 들렸다.

"다 된 거 아니었어? 혹시 돈이 적어서 그런가?"

"그건 백퍼 아닐 거 같아. 은지야, 저분이 너 볼 때 기분이 어땠어?"

"뭐긴 뭘. 그냥 아무렇지도 않았지. 어라?"

"딴 건 몰라도 네 각선미가 끝내주잖아. 우리도 혹하는데 저분은 한번 딱 보고 끝이더라."

"화장 안 해서 그래. 쌩얼에 요즘 너무 자신감이 들어서 말이야."

"야! 이 수컷들아!"

김은지가 괄괄하게 소리 지르곤 달려들었다. 허진석과 조용수가 후다닥 도망하는 모습이 선하게 그려졌다. 좋아하는 소녀에게 짓궂은 장난을 치는 소년의 모습 같았다. 나는 문득 어렸을 때 여학생 치마 홀랑 뒤집고

도망치다가 걸려서 혼나던 때가 떠올랐다.

　'오늘은 닭강정이나 먹을까?'

　어릴 적 가장 좋아했던 음식이 먹고 싶어졌다. 먹고 싶은 바로 먹을 때 행복한 법. 오늘 아침은 달콤하고 매콤한 닭강정에 맥주로 정했다.

　"근데 은지 촉이 맞긴 맞는 거 같아. 아까 내가 반사적으로 저분 어깨 잡았었잖아."

　"무슨 할리우드 액션처럼 엉덩방아 찧은 거?"

　"손을 쳤는데 다리가 풀렸었어."

　"그럼 사전 조사부터 하자. 도서관 사서한테 먼저 고고."

　갓 튀겨진 바삭한 닭이 온몸으로 휘감은 소스를 영접하듯 얼른 입에 넣고 싶어졌다. 살짝 혈력을 운용해서 턱을 강화하고 마력으로 치아를 보강하면 뼈도 과자처럼 씹을 수 있으니 그야말로 남기는 것 하나 없는 고소함이다.

　얼른 먹어야겠다.

　다음 날부터 나는 특별한 자명종과 든든한 아침이 마련됐다. 그날 이후 정말로 세 명이 매일매일 찾아온 거였다.

"오라버니~ 우리 또 왔어요!"

"선생님, 인사드립니다."

"으에취! 제발 고양이 말고 개는 안 될까요?"

대꾸를 별반 않자 호칭도 제멋대로 하더니 도시락까지 싸들고 왔다. 혼자라면 보이기 어려운 넉살인데 셋이라 어렵지 않았나 보다.

분위기 메이커인 김은지의 살가운 모습 덕분이기도 했다. 덕분에 잠시간 공원에서의 무공 수련 대신 운용술만 가다듬는 시간을 보냈다. 은신의 호흡을 쓰면 얼마든지 따돌릴 수 있었지만, 과연 며칠이나 깨우러 올지 궁금하기도 했다.

한데, 내가 저 젊은 친구들을 너무 쉽게 생각했었나 보다. 열흘이 지났는데도 찾아온 것이다. 일반적으로 이 정도 헛고생을 했으면 진작 포기하는 것이 상식적으로 맞았다.

항상 같은 풍경에 같은 일상만 진부하게 구경할 따름이니까. 그런데 저들이 자랑하는 예감이란 게 실로 대단했다.

'보름이 넘었는데도 또 올 줄이야.'

생글생글 웃으면서도 포기하지 않는 끈기였다. 이쯤
되자 언제까지 작정했는지 저들의 입으로 듣고 싶어졌
다. 그래서 슬쩍 야영과 평화의 불씨를 피워서 본심을
물었는데 대답이 '될 때까지'라고 하였다.

　"제 촉이 오라버니한테 딱 꽂혔거든요."

　"저는 은지의 감을 믿고요. 아, 코 다 헐겠네. 에
취!"

　"전 그냥 얘네 둘이 가면 무조건 따라갑니다."

　더불어 처음과는 달리 나를 조사하고 관찰할 만큼 한
상태였다. 내 과거까지는 몰라도 성격이 어떤지, 하루
를 어찌 생활하는지를 충분히 알고 있었다. 관심만큼
이해하려는 노력이 보였다.

　그 모습에 나도 저들의 손을 잡아주었다.

　우리는 대화하고 함께 지내며 서로 알아가기 시작했
다. 내가 점심 급식을 먹고 도서관에 가는 걸 알고는
오전에만 함께하며 이야기를 나누었다. 그것은 시시콜
콜하고 개인적인 잡담이었다.

　덕분에 나는 저 세 청춘 남녀가 어렸을 때부터 같은
유치원을 다닌 친구였고 프로듀서 일은 조용수가, 아나
운서를 꿈꿨던 김은지는 진행 겸 대본을 책임지고, 몸

쓰고 힘쓰는 일은 몽땅 허진석이 한다는 사실을 알게 되었다.

"그냥 떠드는 걸 좋아했어요. 남들도 들어줬으면 싶어서 해보려는데 얘네가 같이하자고 했죠. 처음엔 영화에 대해서 막 얘기하다가 알고 있는 거 떨어지면 어떻게든 공부도 했고, 그러다 정말 딸리면 음악으로 바꾸고 하는 식이에요."

든든한 친구들과 함께하다 보니 유명해졌고 광고수익금도 상당하다고 했다. 방송 진행할 때랑 똑같이 화장하면 공원에서도 태반이 알아볼 거라고 호언장담했다.

"그게 변신이지, 화장이냐?"

놀리던 허진석이 짝 소리 나게 등을 얻어맞는 것은 덤이었다. 중간에 대세 게임인 new century는 하지 않느냐고 물었더니 다들 고개를 절레절레 흔들었다.

"재밌죠. 그런데 거긴 너무 치열해서 스트레스받는 기분이에요."

"전 할 만한데 얘들이 안 해서 그만뒀습니다, 선생님."

"전 그거보다 로봇 쪽이 좋아요. 남자의 로망은 누가 뭐래도 변신로봇이죠! 으에취! 시간 되시면 저희 녹음

실에 한번 오시는 건 어떠세요? 출연 같은 거 아니고, 그냥 이런 일 한다고 보여 드리고 싶어서요."

그 제안에 두 손 들었다.

"기회 되면 찾아가지요. 다들 매일 출근하기 힘들지는 않았습니까?"

"나올 땐 피곤한데 도착하면 개운해요. 오라버니랑 있다가 가면 힐링이 되더라고요. 좀 말이 이상하죠? 왠지 기운이 난달까. 아참, 그런데 언제쯤 말 놓으실 거예요?"

바로 대답해 주었다, 지금부터라고.

"오늘부터 찍어. 인터뷰도 잘 정리하고."

세 친구의 환호성이 울렸다.

사실 처음 출연 제의를 거절한 이유는 대단치 않았다. 나를 움직이는 동기는 오직 내 관심과 인연에 있기 때문이다.

돈을 내밀거나 함께 무엇을 하자는 기획과 제안은 내게 하등의 가치가 없었다. 성공을 위해서가 아니라 나를 움직이려면 우선 서로 이해하고 가까워진 후 부탁을 해야 했다.

돈이야, 고양이들 삥 두르고 앉았다가 일어나면 먹고 살 만큼 생기는 마당이니까. 슬슬 라탄트라의 지식대로 사람들을 치료할 운용법도 감을 잡고 있었고 말이다.

　이런 내 속내를 밝힌 적이 없으니 눈치챘을 리 만무했다. 더불어 보름간 나는 대답보다는 주로 들어주고 고개를 끄덕이는 쪽에 있었다. 이런 비생산적인 상황에도 보름씩이나 연거푸 찾아온 저들의 끈기가 정말 이해되지 않았다.

　'촉인지 감인지, 타고난 건 무섭구나.'

　여하간 보여주기로 한 것. 나는 그날부터 옆에서 밀착 촬영하는 카메라에다 내 시점으로 찍는다는 고글 형태의 장비를 쓴 채 닷새를 지냈다.

　도서관에서 지난 20년간의 어떤 정보를 모으고 공부하는지도 함께했다. 이 부분에서는 세 친구가 매우 큰 도움을 주었다. 내가 어떤 정보를 찾으려는지 알고는 부단히도 모아서 일목요연하게 잘 정리해 준 덕분이었다.

　한편, 곁에서 욕심이 났는지 허진석은 내 무공의 초식을 따라서 부단히 움직였다. 가르쳐 달라고도 했지만 보고 따라 하라고만 하자 온 방향으로 나를 찍으며 어떻게든 익히려고 애썼다.

비전이랄 수 있는 이런 걸 보여주면서도 크게 저어하지 않는 이유는 다름 아니었다. 불가해의 경지를 현현할 정도가 되지 않기도 했고, 하향된 현재의 수준은 다른 명인과 장인들이 타 방송에서 보여준 경지라 그러했다.

그 열정에 자세를 잡아주고 우스꽝스럽게 넘어지는 장면이 적잖게 연출됐다. 의도치 않은 재주를 보인 건 우발적인 상황이 일어났을 때였다.

한번은 친해진 조용수가 하도 기침을 해서 촬영 때라도 편히 있으라고 몸 내부의 조화를 잡아주었다. 은지가 체해서 식은땀을 흘린 적이 있었는데, 기혈을 바로 잡아 주어서 치료하기도 했다. 그러니 진짜 도사라며 난리법석이었다.

"혹시 살 빼는 비법도 있나요?"

"있지. 원하는 부위대로 100그램당 100만 원."

"무조건 합니다!"

자동차라도 팔 기세였다.

"그럼 가슴 커지는 건요?"

"B컵에서 C컵으로 해줄까?"

"D컵요!"

여자 쪽이 더 강력했다. 뭐든 다 할 기세였다. 나는 신을 영접하듯 두 손 꼭 모으고 나를 보는 두 명에게 답례로 꿀밤을 안겨주었다.

유쾌한 세 젊은 친구와의 촬영을 마쳤을 무렵, 나는 도서관 벽에 붙은 광고지를 보았다. 도에서 지원하는 문화예술의 날을 홍보하는 전단이었다. 가끔은 문화생활을 즐겨주는 것도 좋지. 가장 좋은 건 돈이 안 든다는 사실이다.

버는 족족 배 채우기에도 바빠서 언제나 돈은 궁했다. 벌려고 애쓰고 싶지는 않고, 풍족했으면 싶은 걸 보면 참사람 마음이란 게 웃길 따름이다.

'아마추어밴드의 공연을 관람할 수 있으며 자유 후지급제라. 좋아, 아주 좋아.'

듣고 마음에 든 만큼 돈을 내면 되는 방식이다. 나야 가진 재물 전부를 내놓을 자신이 있었다. 천몇백 원이지만 후지급 퍼센트는 100%다. 온종일 한다니 느긋하게 구경해도 괜찮으리라. 버스 대신 튼튼한 두 다리라 발품을 팔았다.

토요일 공연이라 거리는 화기애애했다. 아이를 목말 태운 아빠와 피크닉 가듯 도시락을 싼 엄마의 바구니부 터 솜사탕과 꼬치구이 같은 음식을 파는 상인이 저마다 열심이었다. 그리고 가장 중요한 우리의 주인공들도 넘 쳤다.

각자 악기를 들고 일부는 요란하게 염색하고 화장했 다. 손가락 하나하나마다 몽땅 반지를 낀 젊은이부터 백 년 전통을 자랑하는 찢어진 청바지 차림의 아저씨에 다 레슬링 붙이는 타투를 하고 잘못 붙인 걸 떼어내는 촌극도 보였다.

버스 정거장 열두 개의 거리를 그리 구경하며 지났 다. 휘적휘적 걸을 때마다 느끼지만 이런 게 참으로 사 람 사는 맛인 거 같다. 어느덧 넓은 공원에 도착했다. 음향장비와 무대를 손보는 스태프부터 청년에 장년까지 몇 무리의 사람들이 모여 있었다.

그들 중 한 음률이 나를 이끌었다. 도드라진 솜씨를 발휘하는 마력의 흐름이 느껴진 것이다. 한데 멋진 연 주를 마친 밴드 원들은 신경질적으로 말다툼을 벌이고 있었다.

"유선 씨, 거기서 왜 페달을 세게 밟는 거지? 밸런스가 무너지잖아. 잘하다가 요즘 와서 들쑥날쑥하냐고. 그리고 동준이 너도 왜 쓸데없이 거기서 질러대?"

삼사십 대의 직장인 밴드. 그들 중에서 유난히 빛이 나는 이는 까칠해 보이는 남자 보컬과 스틱을 힘차게 움직이는 여자 드럼연주자였다. 그리고 뛰어난 그들을 빛이 없는 남자가 나무라는 중이었다.

"이게 밴드 곡이지, 솔로 곡이냐? 왜 그렇게 튀려는 거냐고!"

앞머리가 탈모로 휑한 중년인이 짜증스럽게 말했다. 그 말을 들으니 내 입이 동그랗게 말아지며 감탄사가 나왔다. 맞다, 마차를 끄는 다섯 마리의 말 중에서 두 마리만 혈통이 좋은 모양새였다.

달리는 속도가 맞지 않아서 불균형을 이뤘고 덕분에 그들의 음악은 아슬아슬한 형태로 완주만 간신히 했다. 솜씨를 발휘하는 것도 좋지만, 단체에선 무작정 그런 것이 좋은 건 아니기도 했다.

'빛이 나는 저들 두 명이 문제라. 하하. 재밌구나, 재밌어.'

오히려 완전히 망가질 뻔한 연주를 흐트러지지 않게 딱 잡아준 이가 바로 저 베이스 기타의 중년인이었다.

나는 가까이 다가가서 저들의 대화를 들었다.

"지금까지 곡 해석이 틀렸던 거였다니까. 원곡을 들어보면 지금 이 느낌이 딱 맞아. 유선 씨는 바로 캐치해서 올라와 주는데 태후 넌 왜 자꾸 미적거려? 진짜로 내 말이 맞으니까 한 번만 제대로 가보자. 응?"

"너한테 몇 번이고 맞춰줬잖아. 내가 합의 본 대로만 했으면 이러지 않는다고. 작정하고 원곡대로 템포를 맞췄으면 그거로 유지할 것이지, 왜 당겼다가 늘렸다가 멋대로냐? 안 그래요, 유선 씨?"

동의를 구하는 말에 스틸을 스틱 주머니에 넣던 그녀가 대답했다.

"맞아요, 과장님. 그런데 소리가 잘 안 빠져요. 제 생각에도 박 과장님이 리드하신 게 맞거든요. 거기서 팬 돌리는 효과가 제대로 나줬어야 했는데."

"뭐?"

"사내 연주나 아마추어 느낌이 아니게, 원곡 느낌에 충실하게 하자는 게 본래 취지였으니까."

"그러니까 원곡에 딱 맞춘 거 아닙니까. 'Stairway to the sea'에 딱 맞춰서 이렇게, 이렇게요."

하나, 둘, 셋, 넷 소리를 내며 박자를 손뼉 쳤다. 그 다음엔 점점 빨라지고 발까지 굴러서 느리게 하더니 휴대폰을 꺼내 메트로놈 기능을 켜고는 똑딱똑딱 소리를 들려주기까지 했다. 그들이 연주했던 원곡이 흘러나왔다.

처음 쳤던 손뼉과는 딱딱 맞아떨어졌지만, 중반부터 발을 구른 박자와는 당연하게도 맞지가 않았다. 이래도 내 말이 틀렸느냐고 항변했다. 유선이 뭐라 대답하지 못하고 괜히 스틱만 매만지자 까칠한 낯 그대로 혀를 차던 동준이 대신 말했다.

"원곡이 아니라 원곡 느낌을 살리자고 했잖아. 지금 오상균 씨나 신형주 씨 실력으론 처지고 느리다고. 유선 씨처럼 확 치고 끊어줘야 임팩트가 사는데 손이 계속 붙어 있단 말이야. 소리가 늘어지니까 잔음이나마 없애야지 별수 있어?"

"음반은 엔지니어에 마스터링까지 다 거치고 나온 거잖아. 그 소리랑 라이브랑 어떻게 똑같을 수가 있겠어?"

"오히려 반대야. 라이브니까 더 나을 수 있어. 충분히 가능해."

도대체 무슨 소린지 이해는 되지만 막상 그려지지는 않았다. 좌우지간 실력이 서로 맞지 않아서 생긴 합주의 불협화음이 문제라는 거였다. 자고로 비슷하고 끼리끼리 어울려야 편한 법 아니냐. 나로선 생경한 저들만의 음악 이야기가 점점 끝을 향해 치달았다.

　"좋아, 음향장치에 날씨까지 고려해서 오늘 막 템포 정했다고 치자. 그런데 저 자리에 관객들 다 들어차면 어쩔 거냐? 그러면 너나 유선 씨가 말하는 공간감인지 반향인지 또 바뀔 텐데, 그땐 어쩔 건데? 저 음향기기가 우리 거면 네 맘대로 설정하면 되지만, 아니잖아."

　"그때는 그때 봐야지. 원곡 그대로 가면 우리 연주가 왜 필요하겠어. 그냥 파일 재생해서 다시 들으면 되지. 느낌만 담아서 우리식으로 하는 게 백 점짜리라고."

　"동준아, 박동준! 제발 연습한 대로만 하자. 소리내기도 바쁜데 들리는 것까지 컨트롤하다간 죽도 밥도 안 돼."

　태후의 말에 동준이 한숨을 푹 내쉬며 몸을 돌려 버렸다. 누가 보아도 무시의 제스처였다. 말을 해도 도저히 통하지 않으니 상대를 않겠다는 모습에 태후는 욕설을 내뱉으며 목을 죄던 셔츠 단추를 뜯었다.

"과장님, 이 과장님! 오늘이 마지막 날이잖습니까."

메고 있던 기타마저 끄르고 달려들려는 그를 뒤편의 두 사람이 한사코 막았다.

"조금만 릴렉스 해주시고요. 저희 실력이 한참 달려서 그런 거니까요."

"이 과장님도 박 과장님이나 유선 씨가 너무 잘하니까 그러는 겁니다. 질투 아시죠?"

그 말에 머리까지 벌겋게 달아오른 이태후가 눈을 부라렸다. 그를 막아선 오상균이 불쌍한 표정으로 뒤를 가리키며 두 손을 빌었다. 눈과 입이 작고 어깨가 좁은 그의 간청은 표정과 함께 놀라운 효과를 일으켰다.

큰 사람이 어린애 용서하듯 한번만 물러서 달라는 요구에 태후는 주먹을 쥐고 기타를 낚아채듯이 챙겼다. 한편, 반대쪽에선 빈정거리며 주먹다짐 직전까지 갈 기세였던 동준이 신형주의 어깨를 두드리며 말하고 있었다.

"나 때문에 두 사람 다 고생이 많아. 이 과장 화난 거 풀어지려면 20분만 떠들게 두면 돼. 그때까지 잠깐 부탁할게."

"과장님, 화나신 거 아니었습니까?"

7대 3의 가르마 머리가 인상적인 신형주에게 박동준이 자조적으로 입가를 비틀었다. 냉소적이고 짜증 섞인 표정은 여전했지만, 그 대상이 달랐다. 바로 자기 자신을 향한 비웃음이었다.

"방귀 뀐 놈이 성내면 개자식이지. 이따가 보고, 유선 씨, 잠깐 와봐요."

신형주를 돌려보낸 그가 일행과 멀어지며 대화했다.

"30초가 고비지? 휘둘리는 거."

"네. 사람 대신 악기만 보이는 건 여전한데 이제는 못 따라오는 세 사람이 미워질 정도예요."

"돌아버리겠군. 무슨 몰입이 강제로 돼버리는지."

팔짱을 끼고 고민에 잠긴 두 사람을 따라갔다. 그러며 들은 현상은 내가 예전, 백화점에서 샤인걸스의 음악을 조율했던 현상과 매우 비슷했다. 하늘에 오선지가 그려지고 음률의 흐름이 선하게 보이는 현상이다.

예상대로 강제로 스킬이 활성화되는 부작용이었다. 연주하며 비트에 따라 몸이 들썩일 때쯤, 그들은 사차원의 세계를 경험하듯 새로운 풍경을 보게 된다고 했다. 수만 명의 관객이 열광하는 콘서트장에서 투명한 영혼들이 함께 연주하는 환상이었다.

귀가 먹먹해지는 환호와 함께 유색의 투명한 다섯 영혼이 연주를 시작했다. 심장과 함께 맥동하고 기타의 현에 용수철처럼 음이 도약하였다.

 하지만 시작되는 용광로 같은 무대의 열기는 직장 동료이자 밴드원인 오상균, 신형주, 이태후가 연주하는 순간 유리조각처럼 깨졌다.

 '이래서 불협화음이로군? 안타깝구나. 노력해서 발휘되는 스킬 때문에 정작 공들인 공연을 망치게 된다니.'

 음정과 박자는 맞았으나 강약이 달랐다. 울리는 소리의 반향이 서로 어우러지지 않은 것이다. 결국, 증기를 뿜어대며 수만 리 길을 힘차게 달리려던 열차가 잠잠해졌다.

 해법은 저 두 명이 아닌 남은 세 명의 실력을 높이는 것이었다.

 암, 노력의 대가가 실패라면 이보다 통탄할 일이 어디 있으랴. 다행하게도 내가 도울 수 있고 누구에게도 피해를 주지 않는 일이니 기쁘게 오지랖을 발휘해 보기로 했다.

 "다시 해보자. 느낌 따위 치우고 어떻게든 맞춰봐야지."

헤드폰을 쓰고 연습에 들어가는 두 명에게 나는 은신 상태로 다가갔다. 어깨에 손을 얹고는 눈을 감고 집중하자 박동준과 김유선은 고개를 한번 갸웃하고는 말았다.

다루는 악기가 목과 드럼이라는 차이 때문인지 한 나무에서 뻗은 가지의 방향이 다른 것처럼 둘의 운용법은 작은 차이를 보였다.

나는 내 연주 스킬을 골자로 마력이 악기마다 어떤 경로를 보이는지를 파악했다.

어렵지 않게 복사를 마치고 이번엔 입술 통 내밀고 있는 세 중년을 찾았다. 직장인 세 명이 나란히 앉아서 한 손에는 담배를, 다른 손에는 솜사탕을 들고 있었다.

"왜 구이는 아직 준비 중인 거야? 내가 이 나이에 솜사탕이나 먹어야겠어? 에이, 설탕 덩어리 같으니."

직장인 밴드라는 티를 내기 위함인지 정장 차림에 넥타이까지 맨 그들이 구름과자를 입과 코로 뿜고 설탕 구름을 뭉텅뭉텅 씹는 모습은 한편으론 유별난 코미디 같았다.

"좀 일찍 꺼내주면 어때서."

"7분만 더 기다리면 된다니까요. 기름을 쪽 빼는 게 노하우라니 조금만 더 참죠."

천막에서 회전 중인 통닭은 춤추듯 빙글빙글 돌며 기름을 뚝뚝 흘렸다. 나는 중년 밴드원들에게 다가가서는 은신의 호흡 대신 두 손바닥을 하늘을 향해 내밀고 모닥불을 투영했다. 스킬을 내가 배우는 게 아니라 가르치려면 설득할 필요가 있었다.

스킬은 이른 바 기적의 한 갈래다. 투영하는 기적은 확신을 기조로 하며 이는 곧 자기 확신에서 신화의 태동을 일으키는 법이다.

곧 이맛살을 찌푸리고 짜증을 질겅질겅 씹어대던 이태후의 짧았던 숨이 점차 길어졌다. 구겨져서 치켜 올라갔던 눈썹이 수평을 찾았다.

"잠시 옆에 앉아도 되겠습니까?"

앉아 있던 그들이 나를 올려다보았다.

"공연장 벤치에 주인이야 있겠습니까만, 누구요?"

"거리에서 노숙하는 사람입니다. 조금 전의 연주가 인상 깊어서 찾아왔지요."

대꾸하며 앉으니 오상균이 작은 눈으로 나를 곁눈질했다. 이태후 역시 위아래로 나를 훑었다. 나는 의아해하는 그들에게 제안했다. 오늘의 밴드 공연을 잘해내는 방법이 있는데, 한번 따를 의향이 있느냐고.

"황당하군. 약 파는 거요?"

"비슷합니다. 대신 선지급이 아닌 후지급제라고 하죠. 기억만 잘하면 평생의 선물이 될 수도 있을 겁니다."

"꾼은 아닌 게 확실하네요."

"오 대리 말대로야. 아니어도 혹하게 해야 할 판에 말을 그리하다니. 좋소, 보통 때 같았으면 엉덩이를 걷어찼겠지만, 오늘은 싱숭생숭해서 그런지 궁금하군."

"어떤 청심환입니까? 아참. 뭔가 이상한 거 섞인 건 아니겠지요?"

나는 고개를 젓곤 가만히 눈만 감고 있으면 된다고 했다.

"숨을 편안히 쉬면 됩니다. 억지로 길고 가늘게 할 생각도 말고 몸이 바라는 대로, 답답하면 내쉬고 부족할 땐 마시면 되지요. 그리고 물과 바람을 떠올리십시오."

"물? 냇물이요, 바닷물이요? 바람은 또 어떤 거고?"

"아무것이나 좋습니다. 몸이 원하는 대로 형태가 정

해질 테니까요."

"사이비 도사도 아니고. 거참."

"믿어봐야 본전 아니겠습니까. 하하."

그러자 장난치곤 나름 재밌으니 한번 해보라고 이태후가 몸을 내맡겼다. 나는 108수의 환혼장벽을 쓰듯 타혈하여 몸의 긴장을 풀어주었다. 그리고 정수리와 등에 손을 얹은 뒤 마력을 이끌었다. 손으로 체온과 피부, 그 아래의 혈관과 뼈가 입체적으로 그려졌다.

야영과 평화의 불씨가 꺼지며 꿈에서 깨듯 오상균과 신형주가 눈을 끔벅였다. 아마도 홀린 것 같으리라. 하지만 벌써 놀라면 곤란했다. 이제부터 시작이니.

연주 스킬에서 혈력은 배제한다.

기력은 냇물이다. 잔잔히 흐르고 환경에 따라 형태를 바꾸는 가변적인 힘이다. 체조나 발레리나처럼 온몸의 균형과 조화에 역점을 두고 용수철 같은 탄력과 말과 같은 기동성을 확보한다.

마력은 공기다. 시작은 바람처럼 자유로우나 진실은 텅 빈 그 여백에 요체가 있었다. 그렇기에 마력은 다른 모든 힘에 간섭하고 도우며 때론 그 자체로 투영하는 힘이었다. 이 둘의 조화에 동조와 공감이 있었다. 이로

써 비롯하는 것이 연주였다.

"물처럼 마시고 바람처럼 내쉬면 됩니다. 좋아요, 지금처럼 하면서 이제 오늘 연주할 곡을 떠올립니다. 무대에서 공연하는 모습이지요."

이윽고 세 명의 직장인은 벤치에 앉은 채 자신들만의 기타 줄을 튕기고 건반을 눌렀다. 그들이 연주의 세계에 흠뻑 취해 있을 무렵 장사꾼이 기름 쪽 빠지게 잘 구워진 닭을 오븐에서 빼다가 멀뚱히 보았다.

"아니, 닭 못 먹어서 미친 거요, 저 사람들?"

아주 유머러스한 장사꾼이었다. 이상한데, 되뇌며 거참이라고 연거푸 말하는 상인을 뒤로하고 나는 공연 감상을 위해 명당자리에 먼저 갔다. 어우러진 다섯 명의 밴드연주는 어떤 판타스틱함을 선사할까, 궁금했다.

사람 구경, 음악 감상을 하며 세 시간이 흘렀다. 그리고 연주가 시작했다.

우와-!

웅성거림. 옆의 무대에서 들려오는 음률을 후려치는 드럼의 박력이 처참하게 박살 냈다. 단박에 정적을 일으키는 천둥 같은 울림 위를 전자기타가 질주했다. 그

순간 박동준이 관객을 선동했다.

전자피아노의 음률이 잠시간 노랫말을 대신했다. 손을 높이 들어 들썩이는 관객의 흔들림에 맞춰 비로소 성대를 지나 소리를 긁어내리는 비명이 예리하게 뻗었다.

음향 기기에서 퍽퍽 튀고 째지는 기음이, 그 소음이 하모니를 이루는 이유는 무엇일까.

무대를 올려다보는 이의 심장이 함께 들썩였다. 몸이 쿵쾅거렸다. 각자 바쁜 시간을 쪼개고 저마다의 열정으로 오랜 시간 준비해 온 열정의 무대에서 최고의 환호를 이끌어낸 이들은 직장인 밴드였다.

－믿기지 않는 열광적인 무대! '위기의 중년들' 의 무대였습니다!

무대 진행자가 밴드명을 되짚자 여기저기에서 웃음이 터져 나왔다.

"이름이 에러다! 하하하!"

"멋져요! 당신들 내가 딱 기억했어!"

"어이, 아저씨들 비켜! 홍일점 누님! 여기 손 좀!"

광기와 환희의 무대가 끝나고 앙코르가 연이어 울렸

다. 연주자로서 가장 감격적으로 무대를 마친 그들이 서로 얼싸안았다. 땀으로 흠뻑 젖은 셔츠만큼 합이 맞았다는 기쁨으로 충만했다.

나는 무대에서 내려오는 그들에게 다가가 스킬의 흐름을 되짚었다. 유지 시간과 심어둔 연주 스킬의 내구도를 확인한 것이다. 길어야 반나절. 하루만 연습을 게을리하면 곧 잊을 정도였다.

분명히 박동준과 김유선의 연주 스킬을 똑같이 생성시켰었다. 그러함에도 밀집도에 차이를 보이는 까닭은 분명히 본래 간직했던 음악에 대한 열정과 노력의 차이일 것이다.

오늘의 호흡을 하루 한 번이라도 되짚는다면, 스킬은 잠재된 씨앗이 되어 기적을 일으키는 시발점이 되리라. 일상에 묻혀 잊는다면 완전히 망실할 터고.

'열정과 노력이 곧 실력이라.'

진실로 정직한 보답이었다. 변혁이 휩쓰는 미래의 비밀 한 자락을 마주했다.

하늘이 손을 뻗으면 닿을 만큼 가깝게 보였다. 평화로운 일상의 나날을 나는 마음 가는 대로 유유자적 보냈다.

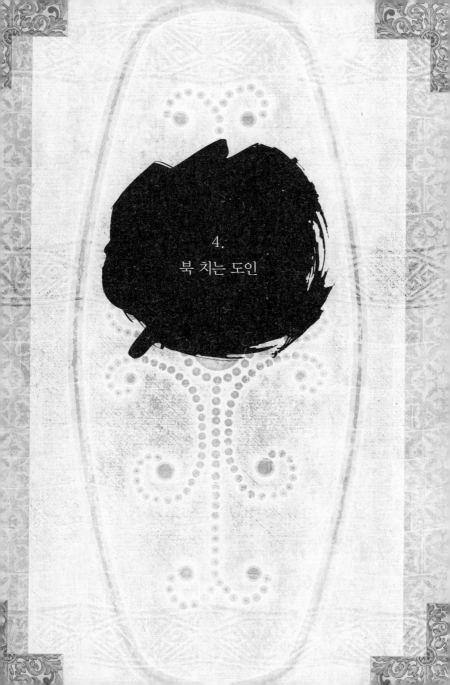

4.

북 치는 도인

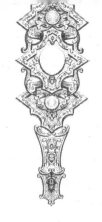

　각시탈을 쓴 여인과 하회탈을 쓴 남자. 끝으로 방독면을 쓴 뚱뚱한 이가 도시락과 함께 불쑥 나타났다. 김은지 일행이었다.

　"오라버니, 다시 찍어요. 다큐스러운 것도 좋긴 하지만 너무 인간미가 부족하면 곤란하거든요. 세상에, 표정이 딱 두 개밖에 없는 줄 처음 알았어요. 혹시 리액션이 어려우시면 저희의 출연 비중을 높여볼게요."

　방독면을 쓴 조용수가 내게 편집본을 틀어주었다. 영상 속에는 무미건조하게 있다가 가끔, 고목에 꽃이 피듯 메마르고 옅은 미소를 보이는 한 남자가 나왔다.

면도는 아니더라도 헤어스타일을 너무 자유분방하게 뒀었나 싶은 그는 다름 아닌 나였다. 일부러 이용택 관장을 흉내 낸 건 아니었는데, 어째 분위기가 꼭 빼닮아 버렸다. 묘한 일이다.

"돌아가서 보다가 깜짝 놀랐어요."

분명히 화기애애하고 즐겁게 촬영했는데 돌아가서 봤을 때는 자신들만 들떠 있었고 나는 차분하게 가라앉은 상태였다.

화난 사람은 아니지만, 표정의 변화가 극단적이라 그렇게 보인다고 했다.

"혹시 병 있으신가요? 후천성 감정결핍이면 얘네처럼 탈 쓰시는 것도 추천해 드립니다. 핼러윈보다는 동양풍이 낫나요? 저처럼 방독면도 밀리터리 느낌 나고 참 좋습니다."

말을 예쁘장하게 하는 조용수의 방독면을 벗기곤 이마에 딱밤을 선물했다.

호들갑스럽게 뒤로 나가떨어진 그는 고양이를 보고는 다시금 재채기 삼매경에 취했다.

"재촬영 괜찮으시겠어요?"

한다고 해도 표정에 변화를 보이는 게 가능하겠느냐는 의미다.

　대답은 당연히 가능하다였다.

　코미디나 연기자처럼 반응을 보이고 과장되게 호응할 수는 없었다. 다만 내 감정이 풍부해지는 방법은 알았다.

　상대적으로 부족한 혈기왕성함을 채우면 됐다. 재료는 고기와 밥, 빵이었다.

　"먹는 거요?"

　"먹으면 행복하고 여유가 생기면 감정은 풍부해진다. 단식하면 나무처럼 되고 과식하면 짐승처럼 되게 마련이야. 이 모습도 너희가 찍으면 꽤 괜찮은 장면이 되겠지."

　이해가 전혀 안 된다는 그들에게 나는 돈이 있느냐고 물었다.

　그리고 그동안 엉뚱한 사람에게 막대한 손해를 끼치기에 삼갔던 뷔페에 입장했다. 일인에 5만 원이라는 돈을 내고 들어서서는 예고했다.

　"나는 앉아 있을 테니 계속 음식 접시를 가져오기만 해. 상황이 지나치다 싶으면 나가자."

"여기 음식을 혼자 다 드시겠다는 건가요?"

의심을 종식하는 최고의 수단은 역시 증명이다. 중식, 양식, 한식의 밥과 면류, 고기, 튀김을 양쪽 접시에 가득 담은 후 모여 앉았다. 그리고 내 음식을 맛있게 먹고 그들의 접시까지 깨끗이 비웠다.

이 정도쯤이야 대수롭지 않다는 기색이지만 접시가 스무 개, 서른 개를 넘을 때부터는 입을 벌리고야 말았다.

더욱 경악하는 것은 내가 실시간으로 통통해지고 퉁퉁해지더니 뚱뚱해지는 모습을 보았을 때였다.

은지는 만져 봐도 되느냐고 묻곤 내 옆에 앉아 손가락으로 꾹 눌렀다.

무슨 곰 인형을 닮았다고 하면서 만지다가 두드리기까지 했다.

그러다 예전에 한 이야기가 생각났는지 특정 부위만 찌우고 뺄 수 있겠느냐고 눈을 초롱초롱하게 빛내며 물었다.

가슴을 유난히 강조하며 내미는 그녀에게 꿀밤을 안겨줬다.

나는 웃옷을 벗고는 준비해 둔 면을 덧대고 실과 바

늘로 금방 옷을 수선했다. 은지는 여전히 옆구리 살을 만지는 채였다.

"이거 전부 진짜야. 찍었어? 찍었지?"

"아니, 너무 순식간에 일어난 일이라. 이런 걸 보여주실 줄은 상상도 못했다고."

"빨리 꺼내, 바느질 스톱요! 진석아, 너무 느리다고."

천류의 옷을 수선하는 스킬의 효용답게 바늘에 실을 꿰는 것부터 어떻게 움직여야 할지 딱 본능적으로 길이 보였다.

부산스럽게 바느질하는 모습부터 담는 그들은 이전의 얼굴과 지금의 내 얼굴을 비교하며 고민했다.

1부로 내보내고 '반년 후'라는 내레이션을 넣어야 할 비주얼 변화라고 갑론을박이었다. 조용수가 주위를 두리번거리며 소곤소곤 말했다.

"그거보다 사, 사람들이 너무 보는데? 어쩌지?"

"어쩌긴. 하루 이틀 해봐? 숨길 것도 아니고 이참에 홍보도 하면 되지. 너 괜히 가서 음식값 더 내겠다고 하지 마. 뷔페잖아?"

"그래도 엄청 드실 텐데."

"실랑이하는 거 하나하나가 다 에피소드인 거 알잖아. 좋게 잘 마무리할 테니까 걱정 붙들어 매셔."

"나야 은지만 믿지 뭐. 알았어."

옆머리를 긁적이는 모습에 실소가 절로 나왔다.

다시금 녹화가 시작됐다. 한바탕 촌극을 겪은 뷔페식당을 뒤로하고 먼저 그들에게 말했다.

하던 일이 있으니 촬영은 엿새 뒤에 하자고. 그러며 지난번과 다른 일상을 보낼 건데 우선 괜찮겠느냐고 물었다.

"OK 해주신 것만도 감사한대요. 이번이 더 기대돼요."

시작부터 임팩트가 딱 생겼다며 매우 기뻐하는 김은지.

"잠깐 시간 내서 무술 좀 봐주시면 감사하겠습니다. 자세가 이거 맞지요?"

로봇처럼 딱딱하게 형을 잡는 허진석.

"에취! 으, 죽겠다. 얘기할 땐 제발 공원 말고 딴 데서 하면 안 될까요?"

공원에 오노라면 내 배낭을 침대 삼는 고양이와 실랑이 중인 조용수였다. 놀려주는 것도 재밌었지만, 알레르기로 너무 고생하는지라 우리는 장소를 바꿔보기로 했다.

지난번에 문화예술 공연으로 꽤 즐거웠었던 터라 이번에 역시 공연과 화려함이 있는 도심지로 정했다. 홍대부터 명동까지의 여정이었다.

"예전에는 자주 안 돌아다니셨는데, 요즘은 자주 이러세요?"

"여행가는 거랑 마찬가지지. 가끔 영화도 보고 음악도 듣고 공연도 관람하고."

"저흰 오라버니가 사람들을 꺼리시는 줄 알았어요. 왜 수행하는 분들은 그렇다잖아요."

"난 사람 좋아한다. 남자라서 미녀도 좋아하지. 아마 은지가 아니라 진석이나 용수가 얼굴 들이밀었으면 촬영에 안 응했을걸?"

짐짓 농담하니 은지가 좋아하며 콧대를 높였다. 자신의 미모를 우러르라는 모습에 두 친구가 웩웩거리는 액션을 보였다.

즐거운 도심 구경이었다. 오후 늦은 시각으로 접어들자 거리에서 기타를 치고 하모니카를 부는 이들이 자리를 잡았다.

지난 직장인 밴드처럼 이들도 마력의 빛과 연주 스킬을 반짝이는 사람들이었다.

이윽고 발걸음에 스며들고 거칠게 나오던 음향기기의 볼륨이 서서히 줄어들었다. 번화가에 악단이 자리한 듯했다.

가장 앞에 앉은 우리의 모습을 보고 연주자가 환히 웃었다.

초라하지만 소박한 꿈으로 가득한 연주가 시작했다. 한 줄 한 줄 섬세한 손끝 기술이 기타 줄을 튕기고 고운 호흡법이 필요한 색소폰에 리듬감을 더해주는 카혼이 경쾌하게 두드려졌다.

어깨와 몸이 들썩이는 박자감을 타고 헤엄치듯 멜로디가 넘나들자 허밍으로 따라 하는 이들이 늘어났다. 울림이 참 좋았다.

빌로가 태초에 리듬이 있었다고 말했듯이 음악을 구성하는 세 가지 요소인 멜로디와 화성보다도 단연 중요한 것이 리듬이다.

뚜렷하고 명쾌한 박자는 사람을 하나 되게 하는 강력한 힘이 있었다.

"요즘은 곳곳에 달인들이 참 많아졌어요."

"오죽하면 달인을 찾는 방송들이 이제는 랭킹이라도 매기자고 할 정도겠어."

"난 그런 거 싫더라. 좋으면 그냥 좋은 거지 뭐."

라이브라는 무대의 특성에 각자 귀를 사로잡는 음률에 맞춰 누군가 춤을 추고 퍼포먼스를 이었다. 소속된 곳이 없고 저마다의 스킬을 마음껏 뽐내는 그들의 자유분방함은 또 다른 작품을 이뤘다.

카혼을 치는 연주자에 맞춰 나 역시 발 구르고 손뼉을 쳤다.

환혼장벽으로 허공을 때리듯 나무를 치고 현이 울리며 공기를 매질하는 울림의 진폭이 귀를 통해 선하게 그려졌다.

'나도 직접 연주해 봐야겠어.'

다양한 이들의 연주스킬을 비교하며 내 악기를 정했다.

장법이든 타법이든 내 취향은 역시 두드리는 것이었다. 타악기의 저 울림이 마음에 들었다.

기실 울림이 없는 악기란 존재하지 않았다. 하지만 심장의 고동과 원초적인 두드림이라는 측면에서는 타악기가 가장 적합했다.

돌아오며 조금 전 거리 공연에서 감흥을 준 카혼을 구하려 하자 은지가 대신 이를 가져다주었다.

　"분명히 그때의 그 모습을 또 볼 수 있을 거 같아서요."

　처음 야영 스킬을 사용했을 때, 공원에서 다양한 동물들과 함께 있었다.

　고양이만이 아닌 다른 동물들과 어우러졌던 그 분위기를 직접 담고 싶다고 했다. 내가 고맙다고 하니 그녀는 큰 북까지 공수해 왔다.

　"이 정도는 돼야 더 멋있죠."

　네모난 나무상자 악기인 카혼은 바닥에 세우고 그 위에 앉아서 두 손으로 두드려 연주한다. 다리를 벌리고, 몸을 기울여 앞판을 치는데 그 모양새가 썩 멋스럽지 않은 것은 맞았다. 다음은 큰 북을 손으로 쳤다.

　둔하고 거친 소리 후 카혼을 두드리자 하나는 몽둥이를 치고 다른 하나는 회초리로 때리는 것처럼 들릴 만치 둘의 차이가 확연하게 났다. 가죽과 나무라는 재료의 차이 탓에 북은 울림이 멀리 뻗었고 카혼은 비교적 짧게 사그라졌다.

　"강의 영상 틀어드릴게요."

모서리를 칠 때, 나무의 위를 칠 때, 중심부의 넓은 면을 칠 때, 손바닥으로 치느냐, 손가락으로 치느냐, 손끝으로 두드리느냐에 따라 울리는 정도가 달랐다. 은지가 보여주는 영상대로 듣고 바로 따라 하니 생각보다 어렵지 않았다.

처음에는 강의대로 양손으로 연주하다가 나중에는 왼손으로 피아노를 치듯 리드미컬하게 손가락으로 카혼을 두드렸다. 오른손은 큰북을 박력 있게 치자 나뭇가지와 잎이 들썩 들썩거렸다. 템포와 소리의 규격이 잡혀갔다.

"처음 배운다고 하셨는데 어쩜 이렇게 잘 치세요?"

"무술이랑 같아. 주먹의 모양새나 타점을 어떻게 노리는지, 칼이나 봉을 쥐었을 때 파지법을 어떻게 하는지에 따라 형이 달라지듯 악기 연주도 비슷하거든."

다만 창작이나 작곡은 어려웠다. 센스가 부족한 탓이다.

"게다가 이것만으론 음악이 안 될 거 같다. 다른 악기의 하모니가 필요해."

리듬만으로 느낄 수 있는 감정의 변화는 두근거리는 기대감과 울림으로 안착 된 차분함뿐이었다.

"어떤 걸로 틀어드릴까요? 클래식하게? 힙합? 고전 팝적으로? 보사노바? 아니면 선생님 연배대로 디스코나 재즈?"

은지가 여러 음악을 틀고 스피커를 통해 볼륨을 조절했다. 하지만 명곡을 틀고 리듬이 중심이 되는 음악일지라도 채워지는 게 부족했다.

토대는 단단한데 활활 타오르며 황홀하게 사람들을 확 잡아채는 매력이 없었다.

귀에 착착 감기는 은지의 목소리 정도면 좋을 것 같다.

"네가 필요해. 노래 잘 부르니?"

움찔하는 은지를 보고 허진석이 큭큭 웃었다.

"선생님, 고백 하나 하자면 은지가 음치입니다."

"야, 나 노래 잘해. 목소리 좋다고 얼마나 칭찬하는지 몰라?"

"소리만 좋잖아, 소리만. 블라인드 테스트하면 큰일 날걸?"

티격태격했지만 실상 큰 문제는 아니었다. 누구라도 한 번쯤은 스킬을 부여하여 능력을 발휘하게 할 수 있는 이유다.

한 명씩 오게 해서 내부 흐름을 짚었다.

'감정표현을 잘하는 솔직한 사람이 좋지.'

발성 스킬의 요체는 혈력에 있었다. 포효 스킬처럼 나 여기 있다고, 내 이야기를 들어보라고 사람들을 이끄는 방식이다.

연설이나 선동과 매우 닮았으니 필시 연주 스킬이 악기에 따라 작은 변화를 보이듯 설득이나 연설, 발성, 가창도 같은 뿌리를 두고 다른 가지를 이룰 것이다.

이런 특성에 가장 잘 맞는 대상자는 역시나 김은지였다.

절대로 그녀가 예쁘고 여자라서 특별히 잘 대해주는 건 아니었다.

목소리가 착착 감기는 사람은 다 혈력의 비율이 높다고 쳐도 무방할 것 같다.

"노래 좋아하긴 하지?"

"없으면 죽죠."

뒤에서 파티댄스의 여왕벌이라고 하는 사람에게 은지는 발치에 있는 작은 고양이 한 마리를 냅다 안겨줬다. 조용수가 기뻐서 펄쩍펄쩍 뛰었다.

"저 방송이란 거. 신데렐라처럼 가는 건 어떨까 싶

다. 나만 가는 것보다 너희가 나를 만남으로 각자 놀라운 경험을 하는 방식이지. 그 편이 모양새도 좋고 영화 같을 거 같은데 어떠냐? 그 시작으로 노래부터 경험해보자."

"오라버니 말고 저도 할 수 있나요? 사실 좌충우돌 하는 콘셉트는 예전에 다 해봤거든요."

"네 촉이 지금 내 제안에 대해 뭐라고 하디?"

은지가 환하게 웃으며 손으로 브이 자를 만들었다. 운용법을 잡아주기에 앞서 직접 조언도 해주었다.

하루라도 잊는다면 자신의 것이 될 수 없다고. 오늘의 일이 꿈처럼 추억의 한 페이지로 남게 될 거라는 경고이자 당부였다.

"뭐, 까짓. 해보죠. 용수야~ 이거 미스나면 편집!"

"안 해줄 거임. 굴욕 세트로 둘래."

"나비야, 재 물어! 콱!"

하여간 지치지도 않는 죽마고우들이었다.

어금니까지 보일 만큼 크게 웃던 은지가 카메라 불이 들어오자 옅은 미소를 지었다. 나를 보고 합장하고는 관세음보살이라고 했다.

"콩트 하냐?"

"뭔가 거룩하게 가보려고 했는데, 이상해요?"

"아미타불. 극락왕생시켜 줄까?"

"죄송합니닷!"

장난 그만하고 본론으로 들어가자 했다.

연주와 가창은 주체가 달랐다. 같은 음정과 멜로디라고 해도 악기를 연주하면 듣는 이의 감정이 그 안에 머무를 여백이 있었다.

제아무리 볼륨을 크게 하고 현을 쥐어뜯으며 열광적으로 쳐도 분위기를 조성할 뿐, 무대의 주인공은 관객이며 청자였다.

반면, 목소리가 포함되면 음악의 주인공은 가수가 됐다.

부르는 이의 감정이 선점하고 관객은 선택해야 했다.

받아들이느냐 거부하느냐다. 첫사랑을 노래하고 사회를 고발하거나 가슴 시린 아픔을 가사가 전달한다손 쳐도 이는 보조적인 장치일 뿐이다.

연주 스킬이 활짝 문을 열어둔 정원이라면 가창 스킬은 입구에서 지나는 이의 손목을 잡아끄는 행위이고, 가사는 정원에 차려진 화려한 식탁이다. 낚시로 치면 미끼라고 해도 괜찮을 것이다.

"가사는 들려야 하고, 목소리는 감정이 실려야 하지. 음악은 소리만 어우러지면 되고."

"보통 그런 거 있잖아요. 스님 같은 분들이 종 한번 데엥~ 울리면 '이 안에 삼라만상이 다 있구나' 하는 그런 거요. 주마등처럼 삶이 한순간에 쫙 펼쳐지는 그런 거, 북으로 어떻게 안 될까요?"

대체 나랑 이야기하고자 어떤 걸 예습하고 온 걸까. 물어보니 대답이 실로 멋졌다.

"제일기협, 패왕일기, 황제의 창, 금강권, 수호연대기요. 아참, 이참에 장소도 절벽으로 바꿀까요? 오라버니가 거기서 자리 잡고 계시면 제가 딱 도착했을 때 '허허허! 300년 전부터 기다리고 있었다' 하시는 거로요. 눈썹도 하얗게 하고."

"그 노고수는 왜 300년을 기다렸다냐. 직접 나가서 마두를 처단하지 않고?"

딱밤으로 예쁘다고 해주자 은지가 이마를 얼싸 안고는 방방 뛰었다.

어째 큰 북을 낑낑거리며 가져오더니만 묘한 환상을 갖고 있었다.

그러나 엄연히 종류가 다르고, 시작점이 다른데 모든 결과가 하나로 귀결될 리가 있겠는가. 만약 그런 게 가능했다면 스킬의 수만큼 극의가 있지 않을 테고 상급 신이라는 곤바로스도 다양한 권능으로 무장하지 않았을 것이다.

에일락 반테스는 소드 마스터지만 스피어 마스터는 아니었다.

격투술의 대가 급이기는 하지만 정점에는 이르지 못했다. 엄연히 다른 분야인 탓이었다.

"한 방에 다 해결하려는 도둑놈 심보는 버리는 게 좋으니라."

담배를 입에 물자 얼른 허진석이 카메라를 돌렸다. 이 장면들 때문에 편집하느라 고생 많았다고 한다.

"아무리 현대식 도사라지만 너무해요. 건전하게 버드나무 잎이나 솔잎은 어때요?"

"알았어. 도사처럼 말해주지. 그런데 아깐 스님이라고 하지 않았었나?"

"아무렴 어때요. 부처님이든 스님이든 도사님이든 특이하기만 하면 되죠."

나는 눈가가 가늘어지고 입술이 스마일 캐릭터처럼

쭉 올라오게 익살스러운 웃음을 했다.

　주위의 관객들이 피식 웃을 정도의 표정이었다.

　"굶으면 예전처럼 되나요? 살은 조금은 빼시면 훨씬 좋을 거 같아서요."

　"오늘까지만 먹고 내일부터 빼마. 그러니까 오늘도 뷔페 가자."

　조용수가 뒤에서 소리쳤다.

　"뷔페 사장님이 한 번 더 오면 가만 안 두겠다고 했어요!"

　은지가 코웃음 쳤다.

　"내가 합의 보면 돼."

　"너도 오지 말랬어!"

　사인 갖고 부족했나, 고개를 갸웃하는 그녀에게 나는 헛기침하고 목소리를 가다듬었다.

　"스님 스타일로 한 큐에 찍어보자."

　턱의 수염을 쓰다듬고 마치 머나먼 이상향을 바라보듯이 저 하늘을 보았다. 눈은 반개한 채고 대사는 인자함을 가득 담았다.

　"울림으로 계기는 만들어줄 수 있습니다. 하지만 떨림과 여운은 도화지에 불과하지요. 동양화든 산수화든

한편의 그림을 완성하려면 역시 붓이 필요한 법. 감동은 감히 타인이 선사할 수 없음이고 오직 듣는 이의 마음으로 도달하는 귀한 선물입니다."

허허허 웃자 은지가 팔을 긁으며 '으악!' 추임새를 넣었다.

"스스로 주인이 되어 돌아볼 때는 여백의 소리만으로 충분합니다. 그러나 침잠해서 가라앉는 부작용이 있지요. 함께하고자 한다면, 친구가 필요하다면, 이야기를 듣고 싶다면 물과 바람보다는 불이 필요합니다. 온기가 아닌 뜨거운 열기 말이지요."

이걸 어떻게 받아쳐야 하나 은지가 난감하고 오묘한 미소를 지었다. 흔히 말하는 썩소였다. 평온한 야영 분위기에서 저러하니 바깥이었다면 날 선 비난을 받을 뻔했다.

바로 본론으로 들어가서 바로 진짜배기를 보여주기로 했다.

큰 북을 쳤다. 둔중한 소리와 울림을 듣고 은지가 나를 보았다.

"뭐 부를지 안 정해요?"

"하고 싶은 대로, 마음 가는 대로 하면 된다. 딱 하나, 크게 후련하게 말할 것만 유념하고."

"그냥 북소리만 갖고 뭘 하라는지."

어떤 걸 선택해야 할지 모르겠다며 망했다고 한다.

"괜찮아. 주마등은 아니어도 추억 정도는 곧 보게 될 테니까."

의아해하는 그녀에게 나는 오른손을 쥐고 크게 북을 쳤다.

그러며 왼손을 뻗어 퍼지는 반향을 증폭시켰다.

바람도 없건만 옷깃이 흔들리고 머리칼이 뒤로 날았다.

수군대던 이들부터 모두가 눈을 크게 뜨고 절로 주춤했다.

재차 북을 치자 이번에는 저들의 심장박동도 마주 울렸다. 벼락이 눈앞에서 칠 때의 반응과도 같았다.

크고 육중한 것, 깊고 둔중한 울림은 위압감과 직결한다.

형체를 보지 못하는 거대한 것을 마주했을 때 인간은 경외감을 갖게 마련이니, 북을 침으로써 이 자리에 무대를 만들었다. 야영 스킬의 효과가 매질하는 울림과 함께 널리 퍼졌다.

'구경꾼 중에 나서는 이가 있겠지.'

음악에 재능이 있는 자. 연주도 좋고 가창도 좋다. 표현하고 싶은 욕망이 있는 이라면 모두 여기 모여라. 허리띠 풀고 거하게 마시며 크게 놀아보자.

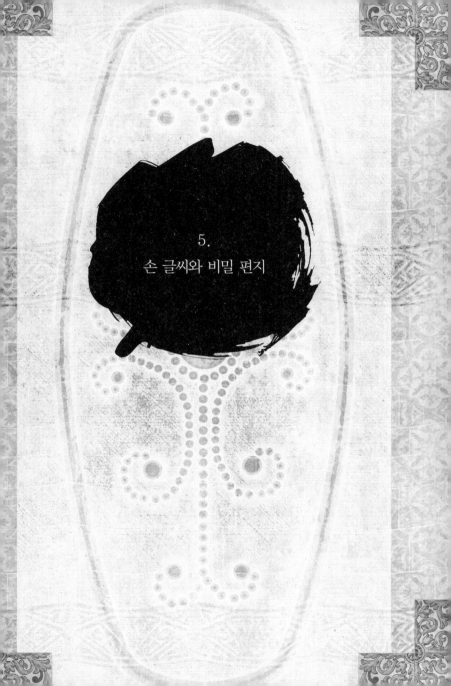

5.
손 글씨와 비밀 편지

　연주라는 이름의 살풀이를 제대로 끝마치자 기분 좋은 탈력감이 모두에게 다가왔다. 온 힘을 다해 하얗게 불태웠다는 표현이 걸맞았다. 억눌렸던 감정과 표현하지 못했던 과거의 앙금을 모두 풀어냈고 마음의 위안을 얻었다.

　덕분에 화려한 축제가 종장으로 치달으며 얻은 긍정적인 결과물들은 실로 다양했다.

　사실 나는 음악에 재능을 가진 이들만 참여하리라 예상했었는데 규모가 점점 커져서 제법 놀랐었다. 근거는 사람마다 펠마돈이라는 이름의 사명과 재능이 다른 이유였다.

'이걸 피리 부는 사나이로 보면 지나친 거려나.'

예전 신진권과 공항에서 아바타 게임을 하며 들었던 부분과 일맥상통했다. 신체의 불균형과 결함이 초능력이라는 특수한 능력을 초래하듯 모든 재능을 두루 갖춘 상태가 곧 평범한 우리의 모습이다. 무엇도 아니지만, 무엇이라도 될 가능성이었다.

그들, 특출난 재능을 보이지 못하는 모든 사람이 북소리라는 울림의 여백에 들어오며 개화했다. 사람 중 일부는 전면에 나서서 음악을 이끌었고 대다수 관객은 저마다 각자의 싹을 틔우며 빛을 머금게 됐다.

갈피를 잡지 못하고 인생의 목적이 모호한 채 부유하던 삶이었으니 음악이 저들 모두를 치유했노라 보아도 과언이 아니었다. 이런 축복의 제공자였던 나 역시 값진 성과를 얻었다. 연주라는 스킬의 거의 모든 묘용을 깨우친 거다.

극의라고 정확하게 명시된 무언가가 정립되지는 않았지만, 얻었다는 사실만큼은 몸으로 느꼈다. 후일 지혜가 상승하면 극의가 딱 자리하였음을 눈으로 확인할 수 있을 것이다. 대신 잃은 것은 잠자리였다.

"소문난 잔치에 먹을 것 없다더니, 그 말이 딱 맞네."

"여기가 그 명당이랬지? 나도 한번 앉아볼까?"

"으아! 고양이 똥 천지야! 더러워!"

이튿날, 공연은 끝났지만, 사람들은 더욱 많이 공원에 모여들었다. 일부는 어제의 감동을 다시금 되뇌기 위함이고, 대다수는 상당히 이슈화된 공연을 재관람하고자 방문했다.

그 때문일까. 여기저기 배회하고 상주하던 노숙인들이 깨끗하게 자리를 비운 상태였다.

나 역시 거주지를 잠시 옮기기로 했다. 낮이고 밤이고 사람들이 배회하고 와자지껄 떠드는 시장통이 된 마당이라 공원은 이제 한적하고 고즈넉한 곳이 아니었다.

'은신의 호흡이 없었다면 벌떼 같은 사람들 때문에 옴짝달싹도 못했겠어.'

실제로 지금 김은지 일행이 제대로 시선 몰이를 하고 있었다. 예전에도 나름 유명하기는 했었지만, 지금은 뜨거운 감자 그 자체였다.

－오라버니. 조금만 가라앉고 마저 촬영해요. 지금 만나 봤다간 큰일 날 거 같아요.

－도사님 모시면 광고비 더 준다는데, 오시겠어요? 고양이는 빼고 말임다.

은지의 메시지에 그러자 하고 답하고 조용수의 것은 살포시 무시했다. 남녀차별은 아니었다.

모름지기 물 들어올 때 노 저어야 하는 법. 연락이 없더라도 검색만 하면 여기저기서 은지의 최근부터 예전 동향까지 수두룩하게 재조명되고 있었다. 공연의 화려한 여주인공다웠다.

현민식이라는 생경한 인물도 함께 유명해지는 중이었는데, 은지가 이 반응을 즐기는 것과는 달리 매우 당황하고 얼떨떨해하는 사진들 일색이었다. 의외인 건 전혀 다른 부분이다.

－선생님은 왜 취재를 안 하고 우리만 들들 볶는지 모르겠습니다. 만상수는 나중에 꼭 봐주세요.

음악의 메인은 나였고 공원 연주의 시발점은 북소리였으나 언급이 없었다. 뚱뚱이보다는 예쁜 은지가 스포트라이트를 받는 게 당연하긴 했지만, '노숙자 이 모씨도 현장에 있었다' 는 정도의 수준은 좀 지나치다.

'뭔가 개입한 거 같은데.'

그뿐만 아니라 은지가 갑자기 노래를 잘하게 된 이유에 대해 얼마든지 내 이름을 언급해도 좋다고 말했고 그들 역시 이를 숨김없이 이야기했지만, 이 역시도 크게 이슈가 되지 않았다.

제아무리 은신의 호흡으로 저들의 이목을 피했다고는 하지만 이건 묻혀도 너무 제대로 묻힌 느낌이다. 왠지 과거 유나가 행한 정보조작이 떠올랐다.

그런데 막상 검색해서 알아보니 해답은 전혀 딴 곳에 있었다. 이는 한 기사문과 답글을 읽으며 확신했다. 북소리, 연주 스킬이 극의에 오르며 내가 잊었다는 깨달음이었다.

《환상교향곡. 백림 공원의 뮤즈들》 : 사연과 사연이 하모니를 이루다.

[영상 에세이]-내게는 음악과 작곡에 무한한 동경이 있다.

창작과 예술이라는 분야의 위대함을 조금이나마 안다. 그렇기에 원곡에 코드와 음을 추가하여 표절이 아닌 '유사한 느낌'의 곡을 만드는 레퍼런스가 작곡으로 분류되는 현 음악계를 인정할 수 없었다. 작가로서의 수치를 모르는 편곡가들의 작태는 비난과 독설을 들어 마땅한 까닭이다.

하지만 오늘 반성한다. 창작이 모방으로부터 시작하고 그것이 원곡을 넘는 진화의 모태가 될 수 있다는 것을. 개별의 소리가 어우러지고 왁자지껄한 합성과 소음으로 치부되는 기침마저도 극치의 예술이 될 수 있음을 미치도록 절감했다.

〈사진 - 축제 중인 백림공원의 인파들〉

지난 9일, 〔백림 공원〕에서 어떤 음향기기의 도움도 없이 도심을 마비시킬 〔교향곡〕이 울렸다. 자정이라는 늦은 시각, 달빛과 함께 부서지는 황홀한 군무와 신비로운 색채의 음률을 감히 필설로 어찌 옮기랴. 전무후무함을 장담하며 〔녹음〕하고 전율하였다.

〈사진(좌) - 행위 예술가, 김칠선의 비상하는 춤 (우) - 마트 점원 유영란의 춤〉

한데, 그 주인공들의 변변찮음을 마주하였을 때 경악을 금치 못했다. 영혼을 달래던 천사의 목소리는 유명 BJ 김은지(26세)의 목소리였고 천군만마를 호령하던 장군의 기세는 한때 성악을 전공한 무명인 〔현민식(30세)〕의 것이었으며, 하우스밴드 및 코러스들 역시 〔중·고등학생, 가정주부, 노숙인〕이었다.

아울러 그토록 감동했던 곡의 이름이 〔Whatever〕

와 (Stairway to the sea)라는 사실을 들었을
때의 충격은 실로 개벽과도 같았다. 내 표현이 과격하다
고 생각할 수 있을 테지만 위의 (연주 영상)을 보고 듣
는다면 이해할 수 있으리라 확신한다.

하나의 곡이 저토록 다채로운 변주로 이어질 수 있음
은 그 누구도 짐작지 못했으리라. (인터뷰)를 통해 오늘
의 역사에 각본이 없었음을 모두가 한목소리로 (증명)했
다.

(각 곡의 전환점에서 메인이 되는 악기의 연주자와 멜
로디는 그들의 개인적인 사연과 맞닿은 장르이기까지 했
다.)

그뿐만 아니라 스스로 음악적 소향이 지극히 부족함을
토로하면서도 자신이 연주한 (어떤 곡)만큼은 완벽하게
재현했다.

절정의 속주와 기교를 자랑하는 연주자가 바이엘을 치
지 못하는 현상이다. 본인은 이적과 미지라는 영역으로
그 물음을 던질 따름이다.

대신 악기 본연이 낼 수 없었던 새로운 사운드와 초자
연적인 음향, 빈티지하고 아날로그적이나 화려함이 있는
미스터리 급 하모니, 그 누구의 것도 아니었던 다이나믹
함을 고스란히 담은 (24계 환상교향곡)을 마음으로 느
껴보기를 권한다.

[대중음악평론가 곽 영 Eisaol]

〔정적의 도심, 평범함이 모여 기적을 연출하다.〕
〔성악과 가요의 콜라보. 현민식과 김은지의 황홀한 무
대 속으로!〕
〔고민이 풀렸어요! 병이 나았어요! 눈물과 기적의 백
림 공원?〕
〔무단결근, 무단이탈, 음악으로 사라진 공공질서. 시민
의식, 이대로 괜찮은가.〕

- 어제 길 더럽게 막히더니 저것 때문이었어? 난 북
소리만 들려서 무슨 사극 찍나 보다 했는데. 신명 나게
처대더구먼.
- 곽영, 쟤도 돈 먹었나 보다. 괜춘긴 한데 신비롭기
는 개뿔. 분위기는 뜨거워 보인다만. 아, 저기 갔어야 작
업을 하는 건데. 요즘 외로워.
- 없었으면서 말 함부로 하지 마요. 어제 얼마나 감동
이었는데. 정말 다시 못 꿀 꿈 같았습니다. 어제 계셨던
분들은 다들 공감하죠?
- ㄴ 광신도 ㄴㄴ해. 상식적으로 봅시다.
- 일반인이랬다, 저런 게 말이 되냐? 짜고 쳐도 적당
히 쳐야지. 딱 봐도 견적 나오잖아, 저거. 분장시켰나 본

164 스펙테이터

데 엉아가 뒤지면 5분 안에 다 찾는다. 해봐?

- 그냥 회사로 뒤지면 쉽지 뭘. 저 정도로 이벤트 하려면 몇 개 없어. 김은지가 저렇게까지 띄워줄 만한가는 좀 의아하지만.

- 근데 곽영은 왜 북소리는 언급 안 했대? 저렇게 쿵쿵거리는데?

ㄴ 아까부터 뭔 개솔? 깔끔하기만 한데.

ㄴ 현악기랑 타악기도 구분 못하는 새끼도 있네?

- 아닌데. 어제 갔었다가 내가 길 막혀서 열라 들었었거든. 봐봐. 북소리 엄청 크… 어? 없다? 아까까지 들렸는데 없어! 와, 나 소름 돋는다.

ㄴ 옜다, 관심.

도서관 기록물처럼 기사도 자연스럽게 세부자료와 영상으로 연결됐다. 음질과 화질이 정말 좋았다.

"연주의 극의는 '당신을 주인공으로 만들어 드립니다'란 거군."

이른바 줏대 없었던 사람들에게 강제로 자아를 발견하게 하는 것. 수차례 경험한 것이지만, 부를 수 없는 것을 격의 경계점으로 삼는다.

어제의 공연에서 나는 북을 치며 사람들의 각기 다른

마력 운용을 오롯이 배우고 익혔다. 그리고 음파를 당겼다가 놓으며 공명을 일으키기까지 했었다.

그 결과 공원 전체를 넘어 도심을 아우르는 울림을 이끌어냈다. 그때부터 모여든 이들이 나의 울림에서 자신의 사연을 회상하게 됐다.

내가 제공한 넓고 하얀 종이에 잃었던 꿈, 애틋했던 과거, 개인적인 욕망을 표현하였다.

'북을 치며 고조되었던 그때, 잠시나마 격을 이룬 상태였었던 거군.'

강제로 지혜가 각성한 것처럼 한바탕 취해서 북을 쳤을 때 제대로 몰입했었다.

그때부터 북소리는 기억에서 사라졌다. 공기의 필요성을 이해하지만, 공기의 소중함을 느끼지 못하듯, 저들에게 계기를 준 북의 울림은 이 일대에서 당연하게 존재하지만 그래서 잊혔다.

바람처럼 물처럼 흐르고 저들을 감싸 안았다. 그러다 불쑥 활활 타오르는 존재감이 나타났으니 김은지와 현민식이었다. 생각해 보렴, 하고 권하는 나를 싹 묻히게 한 건 '나를 따르라!' 하고 다그치는 이의 존재감이었다.

그렇게 일반인들이 스킬을 터득했다. 초반부에 북소리를 들은 관객은 자신이 주인공이니 과거를 회상하며 나름의 해답을 찾았고 중 · 후반부부터는 은지와 현민식의 노래에 선동되어 음악 쪽으로 가치관과 스킬을 각성했다.

은지의 가창 스킬이 아니라 내가 북을 치는 가운데 누구라도 혐력을 동반하는 스킬을 쓴다면, 얼마든지 타인의 재능을 원하는 방향으로 각성시킬 수 있겠다.

제자를 기르거나 에일락 반테스처럼 군대를 양성할 때 이 기술을 쓰면 매우 효과적이겠다.

북소리를 듣기는 했지만 안 들리게 됐다는 이는 도심에는 있었지만, 공원까지 와서 스킬의 영향을 충분히 받지 못한 어정쩡한 사람이었다. 그는 몇 번 의아해하다가 꿈을 꾼 양 쉽게 잊고 일상을 살게 될 것이다.

'반대로 이 차이를 누구보다 잘 아는 사람이 두 명 있지.'

나는 북적거리는 공원을 벗어나며 잠시 위를 보았다. 이 세계의 강유나나 신진권이 나의 존재를 알았을 것이다. 과연 누가 먼저 나를 찾아올까. 어떤 모습으로 올까. 흥미와 기대로 가슴이 두근두근했다.

불안감은 털끝만큼도 없었다. 그들은 나를 적대하지 않는다고 백퍼센트 확신하니까. 이쪽 세계의 승리자인 그 두 명은 회귀 상태의 유나나 신진권보다 무조건 높은 수준이다.

최소한으로 잡아도 불가해의 유적을 한 개 이상 익혔고 극의 역시도 성취했을 것이다. 그런 상태에서 나라는 녀석이 연주의 극의를 보인다면 이때 보일 반응은 호기심이자 흥미일 터.

'3월의 기적으로 나타난 결과로 볼 수도 있겠지.'

자신의 신이 승격하며 나타났다고 보아도 과언이 아니리라.

뭐, 희박한 확률로 나를 적대한다손 쳐도 관계없었다. 내가 봐주세요, 하며 빈다고 저들의 마음이 바뀔 리 있으랴. 예전에 그랬듯이 또 온 힘을 다해 맞서 싸우면 될 따름이다.

그때보다 상황이 조금 불리하기는 하지만 묘책은 얼마든지 있었다.

고로 지금은? 세상 구경이나 하자.

아참, 밥은 먹었던가? 배가 고픈데 영 먹을 만한 게

없다. 주머니도 먼지만 폴폴 날리고. 이거 공원에서 나오니 돈이 텅텅 비었다.

'사람들이 공연은 잘 봐놓고 공연비는 아무도 안 줬단 말이야. 서운하게.'

은지가 돈 좀 버는 거 같으니 조금 부쳐달라고 할까, 하다가 웃고 말았다.

"이래서 예술이 배고픈 거로군."

감동은 받았어도 보답은 없는 현실을 개탄한다. 몸의 헛헛함을 달랠 음식이 없으니 마음의 양식인 책이나 읽어야겠다.

'이게 웬일이지?'

한산할 줄 알고 들어갔던 도서관은 사람들로 북적였다. 코인 로커에 배낭을 넣으려 해도 빈자리가 없었고 대기실과 열람실, 바깥의 벤치마저도 다 주인이 있었다.

어제의 공연 때문에 모여든 사람들일까 싶었지만 잠시 관찰하고는 아니라는 것을 확신했다.

음악을 듣고자 온 사람들의 모양새가 아니었다. 공연을 관람하려는 사람들이 청심환을 먹거나 심호흡을

하고 가족의 위로를 받으며 마음을 다스리지는 않으니
까.

마치 수능시험을 앞둔 수험생과 마지막 면접만 남긴
취업준비생 같았다. 연령대는 청년부터 노년에 이르렀
는데, 이들 모두의 공통된 지참물은 다름 아닌 필기도
구였다. 붓에서 펜까지 크기와 모양이 제각각이고 귀마
개를 낀 채 엄숙하게 글을 쓰고 있었다.

꼭 붙어야 한다는 절박감 때문일까.

펜과 붓이 종이를 스치고 책상을 두드리는 소리는 도
검이 부딪치고 예리하게 흘리는 파공성 같았다.

어떤 시험이고 과목이기에 이토록 필사적으로 필기하
는 걸까. 호기심에 글귀들을 읽었는데, 보고 나니 더욱
아리송해졌다.

【맹수를 두려워하지 말고 악한 벗을 두려워하라. 맹수
는 다만 몸을 상하게 하지만 악한 벗은 마음을 파멸시키
기 때문이다.】

굵은 테의 안경을 쓴 중년인은 아함경의 글귀를 적었
고.

【삼계에 아무것도 없는데, 어디에서 마음을 구하겠는가? 흰 구름이 천장이 되고 흐르는 샘은 비파를 타는데, 한 곡조 두 곡조를 아는 이가 없으니, 비가 야밤의 연못을 지나니 가을 물이 깊구나.】

인자한 주름의 미부(美婦)는 설두 스님의 게송을 적었으며,

【고대의 덕성을 갖춘 자는 소요(逍遙)의 경지에서 노닐며 자연에 순종하고 검약하지만 부귀한 것만을 내세우는 자는 이익을 양보할 수 없고 영화(榮華)를 좋아하는 자는 영예를 양보할 수 없으며 권세를 좋아하는 자는 권력을 양보할 수 없다.】

사극 촬영이라도 하다 나왔는지, 역사박물관의 훈장 스승이 현신한 듯한 허연 수염의 노선비는 장자 천운편(天運篇)의 내용을 일필휘지로 써내려갔다.

여기까지만 보면 무슨 동양철학사나 서예와 관련된 무언가로 보였는데 반대를 보니 이번엔 전혀 딴판이었다.

【모든 국민은 주거의 자유를 침해받지 아니한다. 주
거에 대한 압수나 수색을 할 때에는 검사의 신청에 의
하여 법관이 발부한 영장을 제시하여야 한다. 제17조
모든 국민은 사생활의 비밀과 자유를 침해받지 아니한
다. 제18조 모든 국민은 통신의 비밀을 침해받지 아니
한다.】

큰 공책에 깨알같이 작은 글씨로 쓰는 필기체의 내용
은 다름 아닌 헌법. 앞서 글귀들이 각자 자신의 성정을
고스란히 드러내는 필체였다면 깍뚝머리를 한 청년은
활자로 찍거나 타자로 치는 듯한 글씨였다.

'제20조 모든 국민은 종교의 자유를 가진다. 국교는
인정되지 아니하며, 종교와 정치는 분리된다. 이건 통
째로 모조리 다 쓸 기세군.'

속칭 깜지라고 불리는 빼곡한 글씨들의 향연이었다.
참으로 일률적이지 않았다. 누구는 가사를 쓰고 한쪽에
선 new century 공략집이나 종이접기 기술을 그림
그려가며 적었다. 온갖 경전이 난무하고 일기까지 쓰는
이건 도대체 뭘까.

엄숙한데 뭔가 중구난방이다.

"시험장은 8층입니다. 대기자분들은 7층을 이용해 주세요."

직원들의 안내에 썰물 빠지듯 올라가는 사람들 사이로 미령이가 보였다. 기왕 물어보는 것 그녀에게 들으려고 했는데 사서와 직원들 모두가 응시자들과 함께 대기실로 올라갔다. 미령이는 옆에 손을 꼭 잡고 있는 여직원과 함께였다.

예전에 횡단보도의 첫 만남에서 미령이와 필기시험에 관해 대화했던 그녀의 후배였다. 그때가 3월이고 지금은 5월이다. 설마 그때의 시험이 지금까지 이어지는 걸까.

두 달씩이나 이어지는 시험이 무엇일까?

모를 땐 혼자 고민하지 말고 묻거나 찾는 게 최고였다. 알림판 옆의 남자 직원에게 물으니 그의 딱딱하던 표정이 나를 마주하고는 온화하게 풀렸다. 친한 친구를 마주하게 된 듯 그가 이야기했다.

"어제 공연은 잘 관람했습니다, 도사님. 저는 잘 모르겠지만, 처자식이 크게 배웠다고 감사의 말을 전하고 싶다고 하더군요. 제가 몇 번 봤었다고 했더니 어찌나 부러워하던지."

복채라도 드려야 하는데, 라며 지갑을 꺼내기에 넣어 두라고 했다. 그는 함박웃음을 보였다. 돈 나가는 거 좋아하는 가장은 어디에도 없다. 정복 차림의 그는 길준성이었다. 젊은 나이에도 이발소에서 깎은 듯 2대 8의 가르마에 작은 눈과 큰 입술이 독특했다.

나이를 물으니 놀랍게도 이십 대라고 한다. 중학교에 만나서 고등학교 때 아이를 낳았다고 시시콜콜 이야기하는 걸 만류하느라 꽤 고생했다. 야영과 평화의 불씨가 너무 과하게 지펴졌나 보다.

"아까 시험에 대해 물으셨었지요? 오늘은 스펠러 자격심사 중에서도 3급 문단가들의 시험날입니다. 다른 때보다 유독 응시자가 많지만, 이건 3월부터 모든 시험장에 공통적으로 생기는 현상이지요."

Z&F가 공인하고 특수계층이 인정하는 명필가들. 그들이 스펠러였다. 준성은 양옆을 슬쩍 보고는 엿듣는 사람이 없나 주의하더니 내 귓가에 작게 덧붙였다.

"저로선 아무리 봐도 상류층들의 자랑질입니다. 손으로 쓴 책이라고 권당 몇천만 원에 억대를 넘다니요. 예술이란 도통 알 수가 없습니다."

대폿집에서 술잔 기울이면서 나눌 법한 솔직담백한

의견에 고개를 끄덕였다. 예전, 일상에 찌들었을 때 나역시도 최상류층의 문화 이야기를 들으며 열심히 씹어준 적이 있었다.

스펠러는 신진권의 개인 취미와 함께 시작된 직업이다. 문화예술에서도 특히 기록물을 사랑하는 신진권 회장은 new century의 성공과 더불어 '나에게 유일의 원본을 가져오면 이를 최소 십억 원으로 치러주겠다'는 말을 공공연하게 했었다.

그렇게 밀반출된 보물의 수는 파악 불가였고 고문서라면 모조리 다 사들였다. 그러며 '내 마음에 든다면'이라는 지극히 주관적인 판단 기준으로 친필 기록물들을 구매했는데, 이것 때문에 여러모로 빈축을 샀었다.

누가 봐도 훌륭한 필체에 폭언을 퍼부은 일이 있는가 하면 소위 괴발개발이라는 악필에다 연습장에 쓰인 글씨를 살 때도 있었던 것이다. 오죽하면 '글 값은 신진권 바이오리듬대로'라는 풍자그림이 올라오기도 했다.

그런데 이러한 기행은 10년 후 자사 게임을 그대로 딴 세기 대학교를 건립하며 다른 기조로 전환됐다. 그곳을 졸업한 이들이 그야말로 괄목상대한 이유였다.

성적이 높고 뛰어난 이들이 좋은 대학에 가서 유명해지는 것이 아니라, 성적이 미치지 못했던 누구라도 세기 대학을 졸업하면 인재로 완성됐다.

'다들 한결같이 말한 게 집중이 잘되더라는 거였지.'

교수부터 학생까지 모두가 느낀 공통점은 신진권 회장의 수집물엔 특별함이 있다는 사실이었다. 오죽하면 졸업 이후에도 대학을 방문해서 서재처럼 쓰려는 석학이 점차 늘었을 정도다.

덕분에 지식 공유의 장이 자연스럽게 열렸고 세기 대학은 다양한 논문과 연구결과를 발표하며 새로운 상아탑으로 우뚝 섰다. 하지만 예전의 나나 눈앞의 직원 같은 보통 사람의 눈에는 '상위 1%들의 축제' 이자 배 아픈 헛소리에 불과했었다.

입학 정원이 딱 500명인 데다가 세계 제일 부자의 후원을 받는 곳에 아무나 들어갈 수 있겠나. 책가방 들고 다니는 것 따위 입학만 한다면 누가 못하랴. 그런 생각으로 술자리에서 오징어 씹듯 질겅질겅 씹고 욕했었다.

"까맣게 잊고 있었군요. 우리와는 너무 동떨어졌다고

여겼나 봅니다."

"금수저 물고 태어나야죠. 도사님이라 해도 부자는
아니니 말입니다."

스펠러는 개인의 취미로 만들어졌고 특수계층을 위한
직업이었다. 반대로 보면 신진권이 '이제 모을 만큼 모
았거든' 하면서 취소하면 사장된다.

무시무시한 속도로 수집 중이어서 다들 금방 포기하
려니 생각했었는데, 웬걸. Z&F 신진권 회장이 그럴
일 없다며 딱 못을 박아주셨다고 한다. 그 발표 시기가
언제냐고 물으니 준성이 익숙한 숫자로 대답했다.

"3월입니다. 그리고 보면 올해가 여러모로 다사다난
하긴 하군요. 신 회장님의 발표를 듣고 따라하는 부자
들 덕분에 스펠러들의 몸값이 꽤 떴습니다. 프로게이머
못잖게 노후 걱정 없는 직업이 생긴 거지요."

손 글씨만 쓰면 되니 이처럼 꿀 직업도 드물 것이다.
준성도 입맛을 다시며 응시자들을 깎아내리는 한편 부
러워하고 있었다.

기존 취득자는 단과 학원도 냈다고 한다. 서예가 재
조명받을 만큼 이른바 글쓰기 학원이 성행했다.

회귀 전이야 그랬다손 치고 지금은 왜 몰랐을까. 북

치고 사람 구경하느라 그랬었다. 미래를 살며 허투루
쓴 시간은 조금도 없었다.

"일전에 사서들이 무언가를 쓰던데, 그게 이 시험 대
비였나 보군요."

"세상이 어떤 세상인데 누가 손으로 글씨 같은 걸 쓰
겠습니까. 여기 아니라 그 어디라도 손으로 뭔가 쓰면
전부 스펠러 지망생들입니다. 이번에 합격자가 대량 발
표되면서 그야말로 선풍적인 인기를 끌고 있거든요. 주
로 대필가들이 대부분이지만요."

준성은 전자책이랑 뭐가 다르냐며, 플라시보나 미신
효과에 불과하다고 역설했다.

"하여간 부자 놈들은. 뭐, 돈 많으신 분들이 뿌려준
다는데 그냥 잘 받으면 될 일입니다. 아까 누가 학원
홍보한다고 여기 두고 간 홍보용지가 있는데, 거참. 글
씨가 그야말로 개판이더군요. 쓰레기라서 제가 잘 챙겨
뒀습니다."

주머니에 잘 접힌 종이를 꺼내 내게 보여주는데 '3
개월이면 당신도 대필가가 될 수 있다!' 는 학원 홍보문
구를 본 내 입이 동그랗게 변했다.

"이건 거의 스킬북이군요."

기운이 어려 있었다. 일반인의 눈에는 보이지 않는 마력의 흐름이다. 신진권이 본 것은 필체가 아닌 이 안에 어린 의지였다. 준성이 스킬북이라는 내 말을 정정해 줬다.

"스펠 페이퍼라고 부릅니다. 이것도 쓰기 어려운 거라며 어찌나 통 사정을 해대던지. 공공시설에 함부로 홍보하면 안 된다고 따끔하게 얘기했지요. 그거 아십니까? 홍보지를 고작 열 장 챙겨왔다는 거 말입니다."

"많이 쓰면 굉장히 지치나 보군요."

"노력대비 이거 단가가 장당 십만 원이라나? 나 원 참, 어이가 없어서. 하여간 예술 하는 놈들은 죄다 도둑놈들입니다. 이 쓰레기들을 비싼 돈 주고 사는 부자들이 있으니 웃기는 일이지요."

투덜투덜 개인 사견을 마구 이야기해 주는 준성이었다. 그를 통해 들은 바로 믿고 공부하는 최고의 학습지, 스펠러들도 급수가 있었다. 4급이 대필가고 3급이 집필가, 2급이 문단가이며, 1급이 문장가다. 제로 등급은 거장이라 불렸다.

각 단계에서 경력에 따라 세부 조정이 있긴 한데, 등급에 따라 맡을 수 있는 업무와 페이가 판이하게 다르다고 했다. 4급 기록물은 잘 기억에 남는다고 하며, 3급 기록물은 원리를 이해하는 데 효과가 있다.

이 효율은 등급이 올라갈수록 더욱 높아지는데, 이 중 백미인 거장은 한 단어로 책 한 권을 통달한 것과 같이 만들어준다고 했다. 누가 정했냐고 물으니 준성이 그야말로 냉소를 보였다.

"신진권 회장이지요. 그 거장에 오른 두 명이 누군지 들으면 더 어이없습니다. Z와 F라고 하거든요."

Z는 신진권이고 최근 모습을 드러낸 F라는 이니셜의 주인은 강유나였다.

신비의 new century를 관리하는 여인으로 유명해진 그녀는 세간에 신진권의 본처라고 알려졌다. 둘은 아니라고 딱 잘라 말했다지만.

"단어 하나를 보아도 책 한 권을 읽는 것 같은 효과를 부여하는 경지라는데, 미친 얘기지요."

함께 웃었다. 심판이 공 차고 반칙 선언하고 규칙 바꾸는 거랑 똑같으니 빈축을 사기 딱 좋았다. 하지만 비웃는 준성과 달리 나는 놀라움과 '과연'이라는 감탄의 웃음이었다. 예상대로 둘의 격은 매우 높았다.

적의 강함에 두려움보다 즐거움이 앞서다니, 나도 참

많이 변했다.

'세계 제일 부자의 돈 지랄인 줄 알았는데, 지금 보니 문화재들은 new century의 룐이라고 봐도 될 정도였군. 마력과 의미를 제대로 부여만 한다면 정말 아티팩트가 되는 재료였어.'

나는 준성에게 다시금 광고지를 달라고 하여 손으로 종이를 팔랑팔랑 흔들었다.

고이 접혀 있을 때는 제법 마력이 머물러 있었지만, 공기와 접촉면이 늘어나고 손목의 스냅을 줘서 세게 펄럭일수록 응어리진 마력 역시 꽃가루 흩날리듯 아래로 떨어졌다.

휘발성이다. 스펠러들은 주술과 마법적 재능이 있는 사람들이었다.

그렇다면 닭이 먼저일까, 달걀이 먼저일까? 스펠러의 마력 기술 능력은 선천적일까, 후천적일까?

나는 준성에게 스펠러가 된 합격자의 저서들은 어떻게 값이 매겨지는지, 정확하게는 합격 이전에 기술한 것들에 대해 물었다.

그는 짤막하게 재활용 폐지 값이라고 답했다.

"유명해지고 나면 점하나 딱 찍어도 돈이 되는데, 자

격증 받기 전에는 아무리 책을 썼어도 그냥 종잇값만 쳐줍니다. 부자들의 돈 자랑이지요."

"책 보관용기가 따로 있지는 않습니까?"

"보석함처럼 따로 판매합니다. 가격도 어마어마하고 전용 서재는 아예 으리으리하죠. 무슨 첨단 기법을 썼다고 해서 책을 오래도록 보관한다는데, 책꽂이에 보석과 금을 박는 건 사칩니다. 여기 사진 보시면 알겠지만, 책상다리 하나만 빼도 보증금 다 해결할 수 있을 정도죠."

달걀이 먼저였다. 기는 있으나 내공은 없는 현실에서 내공을 쓰도록 Z&F에서 합격자에게 무언가를 내려준 거였다. 일반적으로 시험이라는 것은 그 사람이 능력과 자격을 제대로 갖췄는지, 이를 가늠하기 위한 테스트로 쓰는 제도다.

겉만 보고 실력을 판단할 수 없으므로 시험을 치렀다. 한데 스펠러는 시험 통과를 하지 못하면 글 값은 똥값이 된다. 필체의 유무를 떠나서 마력이 어리지 않기에 효과가 전무한 까닭이다. 이를 일반인의 눈으로 보면 '자격증 있는 것들만 우대하는 병신'으로 보인다.

반대로 아는 자가 보면 그런 일반인들이 외려 가소롭

다. 볼 줄도 모르면서 남 욕만 하는 멍청이로 평해도 과언이 아닐 것이다. 정보의 부재와 독점이 만들어낸 불평등의 시작이었다.

"도서관에 혹, 원본 도서가 비치되어 있습니까?"

"있긴 한데, 예약이 올가을까지 꽉 차있습니다. 전자 제품 충전하듯이 펼치는 횟수도 제한되어 있거든요. 사실 벼르고 별러서 집중해서 책 보는데 암기 잘되는 거야 당연한 거 아닙니까."

"맛집에 길게 늘어선 줄 한참 기다리다가 잔뜩 배고 팠을 때 먹는 거랑 같은 효과군요."

준성이 내 말에 딱 적당하다며 낄낄거렸다.

"스펠러의 다음 시험은 언제쯤 있습니까?"

"도사님도 응시하시게요?"

정보 전달의 도구인 문자에 마력을 어리게 하여 집중 도를 높이는 것. 나아가 의지를 담아 효용을 높이고 압 축해서 효과적으로 기술한다. 무자본으로 이런 생산성 을 보이는 직업이라니, 아주 매력적이 않은가.

"1년에 한 번씩이니까요. 내년 봄에 보시면 됩니 다."

좋아, 내년에 응시해서 이걸 업으로 삼아야겠다. 친

절하게 설명해 준 그에게 고맙다 하고는 열람실을 향할 때였다.

온몸의 털이 삐쭉 서는 기분이 들었다. 날카롭고 흉흉한 기세, 마력을 동반한 투로 다섯이 삽시간에 엄습하자 몸이 즉각 반응했다.

마력을 또렷하게 볼 수 없는지라 상대가 누군지, 어떤 공격 투로를 뻗었는지 정밀하게 파악되지는 않았다.

단, 양손에 칼을 쥔 것인 양 예리한 무기로 난도질하려는 기세는 분명히 느꼈다.

'누구지?' 하는 의문은 몸이 움직인 연후에 들었다. 엉덩이가 주저앉을 듯 뒤로 쑥 빠지며 무게 중심축을 딱 잡았다. 발끝을 퉁겨 지면을 스치듯 물러서서는 바람처럼 불어온 투로의 결(挈)을 빗기고 왼쪽 발과 주먹을 정면에 겨누었다.

전신에 힘이 팽팽하게 들어갔다. 근육이 팽창하며 단추가 튕겼고 오른쪽 허벅지의 바짓단이 쭉쭉 찢어졌다. 시위를 당긴 활에 화살이 먹여졌다. 방아쇠를 당기기만 하면 내 주먹은 무엇도 꿰뚫는 권격을 적에게 토해내리라.

'몸에 익은 건 어쩔 수 없구나.'

만상수가 아닌 일점집중의 권이었다. 일격필살의 양날 검인데 제임스로 새긴 기억이 도사 이상현으로 수련한 기간보다 더 긴 터라 반사적으로 이 자세를 취했다. 정진하고 또 정진해야겠다.

기세를 통해 투지로 적을 제압하는 경지. new century에서도 능히 활동할 만한 실력자의 등장이었다. 필시 Z&F의 요원일 터, 예상했던 일이다. 기분 좋은 긴장감에 몸의 피가 뜨겁게 흘렀다.

"가는 날이 장날이라더니, 하필 오늘이 시험이었군."

회전식 현관문을 열고 모습을 드러낸 이는 장발의 사내였다. 짙은 선글라스를 썼지만 그린 듯한 미소의 장년인이 나를 보고 선글라스를 살짝 내렸다. 초승달처럼 휘어진 눈매로 예리한 눈빛이 나를 벨 듯한 기세로 훑었다. 그의 정체는 나경호였다.

"이런이런, 한낱 월급쟁이한테 이런 투기(鬪氣)는 옳지 못한 선택이오. 그 무시무시한 주먹은 잠시 거둬두는 게 어떠신지?"

"선명한 투로를 봤는데도 그리 말하는 거요?"

그는 '투로?' 하며 되묻더니 숨을 들이마셨다. 그러

자 줄기줄기 뿜어대며 면도날처럼 예리하게 어리던 기세가 대번에 갈무리됐다. 날카로움은 줄었으나 존재감이 더해진 나경호. 그는 초기 이용택 관장의 모습처럼 외부의 마력으로부터 자신의 경계를 완벽하게 구분하였다.

'예상 밖이군.'

상정했던 것보다 그의 수준이 높았다. 그는 내가 미간을 일그러뜨리고 본격적으로 환혼력을 운용하려고 하자 선글라스를 벗으며 빙긋이 웃었다.

"긴장 푸시오. 적대했었다면 이리 모습을 드러내지조차 않았을 테니. 우리 대화를 해봄이 어떻소?"

부드럽게 제안하는 그의 말에 나는 수긍하고는 운용하던 기운을 갈무리했다. 여기서 긴장의 끈을 놓치지 않는답시고 경계하는 건 고슴도치가 자기 몸을 둥글게 말고 가시를 세우는 짓이나 마찬가지였다.

약자이기에 여유가 없음을 스스로 증명하는 꼴이었다. 확실히, 20년 전과 후의 나경호는 달랐다. 중년이라는 나이에 걸맞은 노련미와 과거의 완전체 신진권 급의 중량감이 있었다.

"현명한 선택에 감사드리오."

"천만에. 제가 과민 반응했습니다. 하나, 이해하셨으리라 봅니다."

나경호는 크게 웃더니 내게 도서관의 휴게실에서 이야기하자고 했다.

둘러보자 석상처럼 딱딱하게 굳은 이들부터 어찌 대처해야 할지 몰라 비상벨을 누르려고 했던 준성의 모습도 보였다.

그와 내가 대치하는 것 자체가 민폐였다.

나는 준성과 대화하며 내려놓았던 배낭을 메고 휴게실로 자리를 옮겼다. 바지 옆의 단이 쭉 찢어져서 펄럭이는 나를 보던 경호는 물끄러미 보는 내 시선을 느끼곤 태연히 자신을 소개했다. Z&F 소속의 나경호 부장이라고 했다.

"세상에는 논리로 설명할 수 없고 이해하기 어려운 일들이 더러 있소. 오래도록 회자한 new century가 그러할 것이고 이상현 씨, 당신이 겪은 3월의 기적도 이 중 하나이지."

"그 말은 나처럼 극적인 변화를 보인 이들이 또 있다는 겁니까?"

"그렇소. 천 명 조금 못 미치지. 하지만 그들 누구보다도 당신은 특수한 사례에 속하오. new century 플레이어가 아닌 사람 중에선 없었거든. 아울러 각성한 능력의 계통도 복합적이고."

자세히 설명해 줄 수 있느냐 물으니 그가 뜻밖에도 한숨을 내쉬었다.

"비밀입니까?"

"아니, 사실 이 모습이 당연한 건데, 지금까지 이렇게 대화한 사례가 전혀 없었다는 게 우스워서 그런 거요. 도무지 랭커 중에선 정상적인 것들이 없거든. 뭔가 하나씩은 다 하자가 있어서 부하들이 여럿 고생했다오."

샐러리맨의 비애가 절절히 느껴지는 모습이었다. 그는 3월에 일어난 기적 중 아주 골치 아픈 사례로 여간 골머리를 앓는 것이 아니라 했다. 노력만큼 실력을 안겨주고 정상급 실력자들에게는 마술처럼 자신의 분야에서 특별한 능력을 발휘하게 한 초월자의 기적.

그런데 심취한 분야가 new century라면 어떨까. 랭커들과 랭커 꿈나무들은 현실에서 하는 모든 노력이 게임을 잘하기 위함이었다. 이 노력이 보답을 받아서 현실의 게이머에게 각각 자신이 갈고닦던 가상현실 게

임의 스킬이 떡하니 생기게 됐다.

연주하거나 공연을 할 때 자연스럽게 발동되는 게 아니라, 액티브 스킬로 보이고 이를 자유로이 구사하는 이들이 속출했다. 이러한 태진이스러운 녀석들은 그 능력을 아낌없이 써줬다고 한다.

"하나같이 어설퍼서 대부분 수월하게 잡혔지만 말이지. 문제는 랭커란 것들인데, 실력 좀 보자며 덤벼들어서 우리 애들 여럿을 병원에 보냈소. 그때마다 파견 나가느라 휴가도 반납했고."

투명화 스킬을 믿고 은행 털려다 적외선 감지기에 걸려서 붙잡히고 육체 강화 스킬을 믿다가 마취총에 맞는 식이었다. 반대로 랭커들은 경호가 직접 나서서 제압했다고 한다.

"세계의 경찰이 따로 없군요."

"회사 게임으로 일어난 일이니 부리나케 해결하는 것에 불과하오. 회장님이나 유나님이 나서시면 금방 해결이 될 테지만, 우리가 너무 놀고 지낸다고 구경만 하시거든. 뭐, 한가하긴 한가했고 말이지."

"잡힌 이들은 죽였습니까?"

그는 천만의 말이라며 자신들은 살인자들이 아니라고

강하게 주장했다. 그저 능력을 쓰지 못하도록, 마력 기관에 손상을 가했을 뿐이라고 하였다. 무공으로 치면 내공이 머무는 단전을 폐한 것이다.

딱히 신체 일부분에 저장하지 않는 숨법에는 크게 해당하지 않는 부분이었다. 그조차도 헐겁게 해서 부단히 노력하면 다시 능력을 사용할 수 있을 거라고 했다.

"운동이랑 마찬가지지. 인격이 덜된 녀석들도 단련하다 보면 자연히 수양이 되듯, 본사에서 잘 관리할 생각이오."

"그러면 나를 찾은 이유도 같은 거겠군."

"이상현 씨는 우리 Z&F를 부정적으로 보는 시각이 매우 강하구려. 본사는 독보적인 기술을 가진 게임회사이지, 타인의 자유를 박해하고 억압하는 무리가 아니라오."

"영화에서나 볼 법한 능력에 인간 이상의 힘을 가진 당신들을 보고 내가 그러려니 받아들이는 건 무리라 생각지는 않습니까?"

나경호는 일리 있는 말이라 대답했다.

"화약이나 총기와 같다고 보면 쉽소. 누구나 화약을 가지면 오발이나 우발적 사고가 생길 우려가 있지. 그

피해를 최소화하기 위해 일정한 자격심사를 거치는 거요. 그리고 그 면에서 당신은 합격점이고."

"능력을 사용할 자격이 있다?"

"회장님과 유나님은 3월의 기적을 인류에게 내려진 선물이라 보신다오. 우리는 선배로서 무분별한 사용과 피해를 막고자 최소한의 원칙을 세우는 것뿐이지."

마지막 단어인 최소한에 주목할 필요가 있었다.

"이는 지금까지의 법과 규리에 크게 위배되지 않소. 힘으로 타인을 죽이고 빼앗는 일을 삼가는 정도의 약속이니까."

"체계적으로 관리하는 편이 더 효율적이지 않습니까?"

그가 대뜸 악수를 청했다. 맞잡고 힘차게 위아래로 흔들었다.

"우리는 여러모로 통하는 게 많은 것 같군. 내 생각 역시 당신과 마찬가지였소. 하지만 회장님과 유나님께 혼났지. 독선적이라 그런 발상은 매우 위험하다고."

오만이라 했다.

"내가 들은 말을 당신에게도 해주리다. '신이 되면 완전히 잊힐 것이고, 신인 척하면 혼란케 된다'. 이해가 안 되는 부분이 있을 테지만, 새겨두어서 나쁠 건 없을 거요."

"의외라 할 만큼 정의롭군요."

미래의 그들은 내가 경험한 신진권과도, 강유나와도 여러모로 달랐다. 어찌 보면 이것이 본모습일 것이다.

사실, 반추하면 회귀하여 그들과 신경전을 벌이던 그때는 고작 new century가 출시된 지 백일도 안 됐던 시기였다.

융켈과 곤바로스라는 사령관들이 증발했고 계약자들만 남아서 서로 의심하고 견제하던 시기였다. 그때 나라는 녀석이 불쑥 등장했다. 그러며 우연이든, 기적이든 자신들이 쌓아온 모든 것을 순식간에 무너뜨렸다.

그 절박감이 신진권을 극단적으로 몰아붙였다. 생체실험과 암수를 시도한 건 위기를 직감하고 묘책을 찾고자 행동한 거였다. 당시 궁지에 몰린 쥐는 내가 아닌 외려 그들이었으니까.

'모름지기 고문만큼 확실한 방법도 드물긴 하지.'

비인도적이긴 하지만 상자 안이 궁금하면 부수면 된다. 용서받을 짓은 아니었지만 말이다. 반면, 초월자의 진두지휘 아래 명확한 적을 상대로 싸우고 승리한 미래의 신진권과 강유나는 모든 면에서 여유롭고 정의로웠다.

"이제 이만하면 의심은 거의 거둬진 것 같군. 이제 본론으로 들어가리다. 이상현 씨를 찾아온 까닭은 당신 같은 처지인 사람이 혼자가 아니라는 것, 다른 방식의 세계가 있다는 사실을 알려주기 위함이었소."

그는 '간혹, 자기만 선택받았다고 묘한 광증에 빠지는 얼간이도 있거든' 하고 덧붙였다.

"이를 충분히 이해했으리라 보는데, 어떻소?"

고개를 끄덕이자 나경호가 축하메시지를 전하듯 손뼉을 쳤다.

"하면, 이만 가보리다. 행운을 비오."

일어서서는 몸을 돌리는 모습이다.

"이대로 가는 겁니까?"

"딱히 더 궁금한 게 있소?"

손목의 시계를 보는 나경호의 모습은 금방이라도 나갈 참이었다. 그가 타고 온 것으로 짐작되는 검은색의 세단이 1층 휴게실의 창으로 보였다. 빠르게 내가 말했다.

"일반적으로 소속에 들어오라든가 연락용 기기라도

주든가 하는 조처를 하리라 생각했습니다. 능력을 어떻게 사용할지 한계선이라도 두고 말이지요. 예컨대 범죄를 몇 번 저지르면 즉각 조치한다든가 하는 경고 같은 건데, 그런 종류가 하나도 없습니까?"

"본사 방침을 아까 다 이야기했고, 이해했다고 했잖소. 가만있자. 잠시 당신의 근황에 대해 알아봐도 괜찮겠소? 전부는 아니고 원한 관계나 재정 상태 정도라오."

정보를 구분해서 본다는 듯한 미묘한 이야기가 외려 호기심을 자극했다. 상관없다고 하자 그는 손목시계를 누른 뒤 허공에 네모난 선을 그렸다. 뒤이어 나를 가리키자 액자 틀처럼 내 얼굴이 들어갔다.

[나경호 님이 이상현 님의 개인정보를 확인하고자 합니다. 승인하시겠습니까?]

'이거야 원. 이렇게 친절할 수가.'

홀로그램에 '예'를 클릭했다. 지도와 그래프를 비롯한 상세 자료가 쭉 나타났는데 태반이 비어 있었다. 도서관의 직원들과 김은지 일행처럼 현재 친분이 있는 사람들의 관계도는 녹색으로 '양호'라 표시됐다.

"당장 호구지책으로 일자리가 필요하시군."

재정 상태는 소유자본 0원으로 황신호였다.

"한데 본사에 취직하기엔 애석하게도 실력이 부족하오. 공부하고 더 숙련되면 입사시험에 응시하시구려. 지금까지 확인된 능력으로 보아도 어디에서든 굶지는 않을 테니 기운 내시고. 오늘 시험 보는 스펠러 같은 직종도 제법 꿀을 빠는 직업이라오."

기운 내라며 마지막엔 농담마저 덧붙이는데 상식적인 상담이라 외려 황당한 기분이 들었다.

"정보에 따르면 발 빠르게 각성자들에게 후원자로 접근하는 그룹도 있다 하오. 하지만 기본적으로 사업하는 사람 중에 양심적인 이가 드물지. 얼마를 받든 그 이상 일할 건 각오하고 계약은 잘 맺으시구려. 커뮤니티에 섣불리 가입해서 정보에 호도되지 않도록 주의하시고."

"아니, 그런 게 아니라."

손사래를 치며 나경호의 말을 멈추곤 잠시 멍하니 보았다. 처음처럼 미소를 띤 채 있는 그를 보다가 그만 웃음이 나왔다.

'이 녀석들, 정말로 놓아두는 거구나.'

천공수에 오르기 전의 나와는 실로 다른 모습이었다.

외로워서, 배반을 꺼리는 마음에 신뢰라는 이름의 펠마돈을 각성한 나였다.

전부 내어준다곤 하지만 한 번이라도 배신하면 그 사정과 사연이 어떻든 완벽하게 없애 버리겠다고 했다. 내 펠마돈에 단두대가 있는 이유이다.

인정한다. 내가 신뢰를 강요하는 건, 그만큼 벗이 귀하고 그 벗과 헤어지는 것이 두렵기 때문이라는 것을. 미래나 과거나 new century로 능력자가 양성된 것은 비슷했다. 그러나 주체가 달라서인지 양쪽의 통제 방법이 달랐다.

능력으로 생기는 사회적 혼란도 성장통의 일부였다. 진통이 없기를 바라는 마음으로 어찌 제대로 된 훈육과 교육을 할 수 있으랴. 이 통렬한 직관이 매우 즐거웠다. 나는 너무 재밌어서 웃다가 기침하고는 경호에게 물었다.

"내 수준이 부족하다는 게 믿기지 않는군요. 이래 봬도 무력은 제법 쓸 만하다 생각합니다만."

"물론 자신할 정도는 되오. 하지만 밸런스가 무너져서는 곤란하지. 개인적인 소견이지만 근력은 하(中)의 중급. 반응 속도는 중(中)의 하(上) 급. 스킬은 무투 계통으로 보이고 기세로 보면 공격력은 중(上)의 상(下)쯤이니 괜찮은 재원이외다."

하나도 상급이 없다니.

"특수 기술로 북을 잘 치시나 본데, 이 부분은 회장님이 고려치 않아도 된다고 해서 뺀 능력이라오. 랜덤이라고 하셨거든. 언제든 쓸 수 있다면 핫라인을 알려주라고 하셨소. 해당하오?"

예리한 분석에 헛기침이 나왔다.

"평은 나쁘지 않은데 왜 부족하다는 겁니까?"

"일격필살, 일발필중. 남자의 로망이지. 암, 그렇고 말고."

그는 자신의 정장 상의를 벗었다. 단추를 풀어 셔츠까지 완전히 벗은 뒤 칼 같은 각을 세워 탁탁 접어 갰다. 내 앞에 예의 있고 진중하던 나경호는 보이지 않았다. 육체미라는 표현이 송구스러운 전사의 몸에는 수십 개의 흉터가 훈장처럼 새겨져 있었다.

"당신을 무시하고자 함이 아니라는 것을 미리 말씀드리지. 자, 아까의 주먹으로 나를 쳐보시오. 얼굴이나 성기는 빼주시구려. 이를테면 명치를 딱 노려도 상관없소만 그 부분들은 영 꺼려지거든."

"신종 자살법치곤 썩 불쾌하군요."

"거듭 말하지만, 놀리려는 의도는 없소. 개념의 전환이 필요한데, 직접 보여주는 것보다 효과적인 게 없어서 그렇다오. 싫다면 거절해도 좋고. 나야 유나 님의 관심을 받는 당신인지라 나름 배려한 거에 불과하거든."

됐다며 거절하려다가 강유나라는 언급에 생각을 달리했다.

"Z&F의 두 번째 주인이라는 강유나 님 말이군요. 그녀가 왜 내게 관심을 두는 겁니까?"

"딱히 당신만은 아니오. 변덕과 호기심이 많으신 분이라 종잡을 수 없거든. 그냥 운이 좋았다고 생각하시구려."

일점집중의 권은 극강의 무공이지만 지금의 난 그 힘을 온전히 끌어낼 수 없는 상태였다. 육체의 한계로 미완의 상태이기에 완벽한 파괴력을 보일 수 없을 터. 쉽사리 나경호의 몸통을 꿰뚫지는 못하리라는 생각이 들었다.

치명상을 입힌다고 해도 죽지 않는 한, 이곳의 의료 기술이면 가뿐하게 일어날 수 있을 테고. 저토록 자신하는 그의 실력을 보고도 싶었다.

"죽어도 모릅니다."

"약속드리지. 죽이면 바로 취직된다오."

경고했음에도 태연자약했다. 나는 나경호의 말대로 명치를 노려 자세를 잡았다. 무공 자체는 완성지경이다.

'초식은 완전하게. 대신 의지는 조금 약화한다.'

만에 하나 죽였다가는 곤란해진다. 나는 천년목처럼 자세를 잡고 호흡과 의지를 일치시켜 타점을 정확하게 찍었다.

의념이 나경호의 육신을 꿰뚫고 그 모습이 투영됨과 동시에 몸이 움직였다. 총구에서 탄환이 쏘아지듯 순식간에 찍은 일권.

이를 맞은 나경호의 머리칼이 바람도 없건만 잠시 들썩였다. 그러나 그뿐이었다. 명치에 머물러 회전하는 무형의 탄환을 활배근이 부풀었다가 수축하는 것으로 튕겨낸 그가 간단히 평했다.

"좋군. 쓸 만하오."

이건 정말로 내 예상 밖이었다. 아무리 미완성이라 한들 아름드리나무와 바위라도 능히 쪼개고 금이 쩍쩍

가게 할 자신이 있었는데. 이만하면 현재의 몸으론 전력을 다했어도 정말 멀쩡했을 것이다.

"그걸 몸으로 버티는 게 가능한 겁니까?"

"몸이 아니라 공력이오. 아까 개념의 전환이 필요하다고 언급한 게 이 때문이지. 그전에 묻겠소. 이격은 가능하오? 조금 전과 같은 위력으로 말이외다."

힘을 약간 뺐었기 때문에 가능했다. 고개를 끄덕이자 그가 재차 권했다.

"좋군. 한번 더 해보시오. 피했다가는 기물 파손이 일어날 테니 이번에는 방어를 해보리다."

이번에는 만약이라는 생각, 봐주려는 마음을 없애고 현재 몸이 낼 수 있는 최대의 일격을 선사했다.

나경호는 우두커니 있다가 내가 주먹을 뻗는 순간 함께 손을 내밀었다. 손목을 비틀어 손을 꽉 쥐자 펑하는 소리와 함께 바람이 사방으로 훅 퍼졌다.

터지기 직전의 풍선을 터뜨린 것 같은 모양새였다.

"복싱을 생각하면 쉽다오. 보통 사람에게 프로복서의 주먹은 무시무시한 흉기지. 그런데 보호구 다 착용하고 복서끼리 경기를 하면 어떻소?"

쉬운 예로 배에 힘을 딱 주고 맞는 것. 무방비 상태

로 맞는 것의 차이라 했다. 초능력이나 스킬과 무공이라는 놀라운 힘도 그들끼리는 평범한 현상에 불과한 것이다.

그가 언급한 나의 밸런스 문제는 지구력이었다. 딱 두 번 주먹을 뻗을 수 있는 복서인 셈이다. 체력을 보강하기 전까진 안 쳐준다는 이야기였다.

"그 뜻은 당신 역시도 총에 맞으면 죽는다는 뜻이겠군요."

나경호가 그렇다며 말했다.

"저격은 집중하지 않는 한 피할 수 없소. 그래서 본사에 취직하려면 공부를 해야 한다오. 각종 총기류는 물론, 트랩도 잘 다뤄야 하고 숙지해야 하지. 무인이 검만 들었을 때와 총도 함께 들었을 때. 어느 쪽이 더 효율적이겠소?"

너털웃음이 절로 나왔다. 직업군인의 길을 걸어야 한다니.

"생각만 해도 머리가 아프군요."

"기본만 통과하면 이후론 무력으로 대신하는 방법도 있긴 하오. 동료 중에 석호란 놈이 있는데, 이 녀석은 정말 무식하거든. 대신 근접전의 스페셜리스트고. 참고로 우리 세계에서 스페셜리스트라는 건 이 속도의 공방을 말하오."

일순간 투로 다섯이 뻗어 나왔다. 두 번의 권을 쏟아내느라 다소 반응이 느렸지만 나는 본능적으로 방어 자세를 취하려 했다. 그런데 도중에 멈추고 멍하니 그의 투로를 지켜만 보았다. 마력의 파동이 매우 익숙했다.

바람처럼 표홀하고 물처럼 흐르는 가운데 예리한 기세가 동시에 휘몰아쳤다. 전후좌우를 휩쓸고 소용돌이 친 그의 투로가 잔잔해졌을 때, 내 옷은 쭉쭉 찢어져 넝마가 됐다. 틀림없는 풍류보와 유수행이었다.

두 가지 비전이 절묘하게 어우러져 장점만 부각된 상승의 초식이다. 나경호는 이제 시간이 됐다고 말하곤 개어놓은 셔츠와 상의를 입었다. 단추를 채우고 옷매무새를 정돈하며 휴게실의 삐뚤어진 의자와 책상의 각을 딱 맞춰서 정리했다.

"그건 누가 가르쳐 준 겁니까? 신진권 회장? 아니면 강유나?"

"섭섭하군. 풍권류(風拳流)는 내가 창안한 무예라오. 내년에 입사 합격하면 알려주리다."

휴게실 문손잡이를 잡았던 그는 내게 한마디 툭 던지고 나갔다.

"조언하자면, 살은 빼는 게 좋소."

비전을 터득한 이는 오직 강유나와 신진권만 있으리라는 나의 얕은 예측을 멋지게 깨부숴줬다.

전체적으로 상황을 상향 평준화 해야겠다. 불가해의 유적에서 영감을 얻었다니, 그 덕분에 사람이 노력 여하에 따라 얼마나 달라질 수 있는지를 알았다.

과거의 나경호와 현재의 나경호를 연결하면 점수는 백 점 만점에 백 점이다. 나처럼 방탕하고 허투루 인생을 낭비하면 별 볼 일 없는 중년 가장이 될 따름인데, 그는 남자가 보아도 정말 멋진 중년 신사에다 지위와 힘까지 소유했다.

당신의 노력에 박수를 보내며 그 깨달음을 나눠 갖기로 했다.

'아까 내 자리가 이곳이었고, 초식이 이랬으니까.'

나는 가만히 의자에 앉아선 그의 투로를 되짚었다. 나름 흉흉한 일격이 오갔었지만, 휴게실은 처음과 다를 바 없었다. 망가진 곳도 없었고, 작은 장식물이 비틀리거나 벽걸이 시계가 삐뚤어진 모습조차 보이지 않았다.

나경호가 자신의 무술을 완벽하게 통제한 증거였다. 그래서 그가 공력이라 칭하는 힘의 흐름을 쉽게 유추할 수 있었다.

풍권류는 에일락 반테스가 일러준 질풍과 같은 류였다. 경지와 위력은 부족했지만, 상황에 맞는 최적의 공격법에 힘을 더하는 방식이다.

정형화된 초식이자 강화된 스킬이니 지금의 나처럼 육체와 마력의 한계가 있는 일반인의 몸에 딱 알맞았다.

'관장님은 처자식한테 전수하려고 순식간에 무공을 여러 개 만들었지.'

그만한 재능은 내게 없었다. 하지만 풍권류의 모태가 풍류보와 유수행이기에 나는 어렵지 않게 이해할 수 있었다.

내 몸뚱이가 아닌 예전 제임스를 떠올려 나경호의 초식에 대입했다. 천지사방으로 갈 수 있는 자유로움이 제한되며 인위적인 날카로움이 솟아났다. 상상 속의 제임스는 완벽하게 구현하고 위력을 끌어올리는 연결 초식까지 구사했다.

좋아, 이제 이대로 내 몸뚱이에 새기기만 하면 됐다.

나는 걸레쪽처럼 쭉쭉 찢어진 옷을 벗어서 의자에 걸어두곤 나경호의 위치에 섰다. 뒤이어 풍권류의 공력이 원활히 흐르도록 몸의 자세를 자연스럽게 취했다.

전신송개(全身鬆開) 하는가 싶던 몸의 내부에서 북을 치는 듯한 공명음이 울렸다.

줄넘기를 넘는 듯 날카로운 파공성의 기력이 몸을 통통 튀게 했다. 그 상태에서 용수철이 수축하듯 관절과 근육이 비틀렸다. 이 순간 몸은 힘을 발산하는 하나의 기관이었다.

펼쳐진 투로는 레일이고 타깃의 사방에 네 개의 전환점이 있었다. 달리는 기관차처럼 몸이 질주했다. 그리고 무섭게 달려들던 내 몸이 레일을 이탈해 바닥으로 나동그라졌다. 의자 두 개가 볼링핀처럼 튕겨 날아갔다.

바닥을 몸으로 싹 청소한 내가 벌떡 일어나서는 의자를 얼른 들었다. 다행히도 살짝 칠이 벗겨졌을 뿐 부러지거나 부서지지는 않은 상태였다. 완전히 통제를 잃었다면 이런 의자쯤이야 산산조각 냈을 것이다. 이쯤이면 초식의 완성도는 대략 60점은 된다.

'살을 빼라 하더니만, 이래서였군.'

휘몰아치듯 상대의 전방위를 공격하기 위해선 고무공처럼 탄력적이고 용수철처럼 튀어 오르는 몸이 필수였다. 지금의 내 몸뚱이는 그러기엔 너무 무거웠다. 속도는 합격이지만 변화에서 미숙했고 날카로움은 전혀 살리지 못했다.

그래도 가능성이 보였다. 나경호를 흉내 내지 말고 지금 내 몸에 맞게 약간 수정하면 얼추 살릴 수 있을 것 같았다. 사실 진작 제임스가 아닌 내 몸뚱이에 맞췄어야 했는데, 나도 꽤 흥분했었나 보다.

사방의 변화 대신 정면에서 우측으로 고속 이동하는 걸로 변경, 예리함 대신 헤비급 복서의 묵직한 스트레이트로 바꾸었다. 공격 후 빠른 후퇴까지는 급속제동이 필요한 바, 내 몸과 관절이 역방향을 감당 못하니 빼도록 하자.

이후 마음을 다잡고 가다듬은 초식을 전개했다. 들소처럼 들이받으려던 몸이 타깃의 정면에서 덜컥 멈추고 배후를 점령하였다. 잔상이 실체처럼 남아서 공격하고 배후에서 선 나 역시 주먹을 뻗었다. 흡사 두 명이 합공하는 모습이 되었다.

성공했다, 그것도 완벽하게.

"이만하면 나도 쓸 만하군."

노력하면 원판이 이래도 너끈히 격을 이룰 수 있음을 완벽하게 증명했다. 나의 오늘은 어제와 다를 것이며, 내일은 오늘보다도 위대할 것이다.

기꺼움에 위아래 치아가 다 보이도록 웃음이 나왔다. 그때 귓가에 이명이 들렸다. 시르륵 시르륵 하는 기이한 소리였다. 당황하여 주위를 보자 어느새 천장이 아래에 있고 의자가 거꾸로 서 있었다.

휴게실 벽에 개미집이라도 있었으려나. 갑자기 수백 마리의 개미가 엎지른 먹물처럼 번졌다. 손끝을 타고 팔까지 올라오더니 귓바퀴를 지나 귓속으로, 눈과 코를 뒤덮었다. 가슴이 꽉 죄고 눈꺼풀을 깜빡이는 것조차 버거웠다.

숨이 막혀 죽을 것 같았다. 입속을 넘어 꿈틀거리며 움직이는 개미들을 토해내고자 기침을 하다가 숨법을 떠올렸다. 그 순간, 꽉 막힌 밀실에 청량한 바람이 불었다. 숨통을 꽉꽉 막을 것처럼 들어차던 개미들이 막힌 하수구가 뻥 뚫리듯 삽시간에 빨려 들어갔다.

"커헉!"

눈을 질끈 감았다가 떴다. 나는 휴게실 바닥에 머리를 처박고 있었다. 발작하듯 간질 환자처럼 몸을 바들바들 떨었는데 몸속 내장이 사라진 듯 속이 공허했다. 상황을 바로 직감하고 배낭을 찾았다.

지렁이처럼 기며 천천히, 차분하게 두 단어를 되뇌었다. 의자 위의 배낭을 끈만 잡아당겨 떨어뜨린 뒤 떨리는 손과 이빨을 모두 써서 열었다. 사탕 두 알이 잡혔다. 껍질을 깔 겨를이 없어 그대로 입에 넣고 씹었다.

와작 부서지는 단맛이 목젖을 타고 넘어갔다. 침 한 방울 한 방울이 집요하게 당을 빨아들였다. 그러나 깨진 독에 물 붓는 것처럼, 쩍쩍 말라붙은 논밭에 조롱박 한번 끼얹는 정도에 지나지 않았다.

나는 닿자마자 사르르 흡수되는 사탕을 하나 얼른 더 까먹고는 힘겹게 일어났다. 다리가 휘청였다. 그래도 움직였다. 다행히 누가 나를 발견했다. 정복 차림의 직원, 준성이었다.

"어이! 이보쇼. 대낮부터 나체로 지금 뭐 하는 짓입니까? 지금 세상이 어느 땐데 말이야. 그 나이 먹고 노출이나 해대고, 사람이 부끄러운 줄 알아야지. 어? 당신은, 도사님?"

쫓아낼 기세로 달려오던 그가 어리둥절해하는 때 나는 그에게 몸을 기대며 한 마디를 내뱉었다.

"배가……."

"어떤 강돕니까? 설마 아까 그 사람은 아닐 테고, 잠깐만 기다리십시오. 휴게실이었지요?"

"너무 고파."

"예? 설마 찔린 겁니까? 대낮에 어떤 새끼가 칼질을!"

제발 네 할 말만 하지 말고 내 말을 들어다오.

"밥."

축 늘어지는 나를 붙들고 소스라치게 놀라던 그가 우뚝 멈추었다. 내 배에서 우렁차게 꼬르륵 소리가 울렸다.

"아니, 뭐 이런……."

설마설마하며 그가 나를 데리고 식당가로 내려갔다. 나는 눈을 번쩍 뜨고 코를 벌름거리는 것으로 맞노라고 표현했다. 어떤 메뉴로 사느냐고 묻는 그를 원망의 눈으로 보니 그가 재빨리 움직였다. 곧, 음식을 하나 가득 가져왔다.

밥 냄새였다. 고소한 깨소금과 우러난 사골 냄새가
몸을 환희에 들게 했다. 식욕은 생사를 넘볼 만큼 바닥
을 치고 하늘까지 올라온 상태. 숟가락 대신 손으로 밥
을 집었다. 입에 넣고 씹으니 이 순간의 감동을 감히
무어라 표현하랴.

북을 치며 도달했던 절정의 향락도 이만 못하리라.
그제야 비로소 밥상이 눈에 보였다. 하얀 밥만 보이다
가 저마다의 빛과 향기를 자비롭게 풍기는 그분들이 보
였다. 도라지장아찌와 열무김치, 도루묵조림, 고사리
무침에 소머리 곰국이었다.

냉면 그릇처럼 큰 사발에는 높이 쌓인 고봉밥이 놓여
있었다. 두 손이 경건하게 모였다. 음식이야말로 신이
주신 은총의 산 역사요, 증인이라. 생명의 신비가 이
안에 있었다.

'하늘님, 감사합니다.'

허겁지겁 먹었다. 배가 찢어질 듯 먹었다. 아사하는
것이 이럴까 싶을 만큼 굶주렸던 위였지만, 폭발적인
식량을 너끈히 소화했다. 다 먹고 나자 어느덧 내 손은
고추장에 밥알, 국을 퍼먹은 영향으로 색색이 물든 상

태였다.

그럼에도 바닥에 흘리거나 테이블을 적신 음식이 하나도 없었다.

"도사가 아니라 푸드 파이텁니까?"

앞에서 입을 떡 벌린 채 준성이 연신 위와 아래로 나를 훑었다. 나는 다소 멋쩍은 표정을 짓곤 신체를 점검했다. 신체 내부가 여전히 빈곤했다. 숨법을 기반으로 한 무공이었다면 나는 비축해 둔 지방과 살을 에너지로 사용했을 것이다.

하지만 풍권류는 외부의 마력보다도 체내의 기운을 우선 사용했다. 그 탓에 불균형을 초래했고 부족한 공력을 생명력이 대신하며 극심한 지경에 이르렀었다. 기존의 숨법과 비교해 효율이 떨어진다고 생각하다가 문득 떠올랐다.

'살이 확 쪘다고 훅 꺼지는 게 비정상 아닌가?'

캐릭터 커스트마이징 하듯 잡고 쭉 늘리고 오목하게 만드는 찰흙 같은 몸이 외려 이상한 거였다. 이용택 관장이나 월향도 환골탈태를 하며 신체가 고도로 발달할지언정 나처럼 신장이 커지고 완벽히 다른 종으로 탈바꿈하지는 않았다.

그런데 지금의 내 몸은 정도는 덜했지만, 제임스처럼 먹는 그대로 변하였다. 숨법의 힘이라고 여겼는데, 풍권류라는 무예나 무공의 원류를 반추하면 이건 소울이터라는 내 특성에나 맞지 결코 무공의 특성이 아니었다.

어떻게 된 걸까. 생각을 이어나가려는데 다시금 배가 꼬르륵거리며 소리쳤다. 밥 달라고.

"이제 말 좀 해보시지요. 도대체 안에서 무슨 일이 있었던 겁니까? 멀쩡하게 들어갔다가 옷은 다 찢어졌지, 배고프다고 죽으려 하지, 엄청나게 드시지. 거참, 신기하신 분입니다, 도사님은."

"아직도 배고픕니다. 조금만 더 먹고 얘기하지요."

"뭐? 여기서 더 먹는다고?!"

벌떡 일어난 준성이 의심의 눈초리로 나를 보았다.

"지금 아까 안 받은 복채가 아까워서 이러는 건 아니지요? 이때다 싶어서 본전 뽑으려는 거 말입니다. 아니지, 기분이다. 복채 드린 셈치고 원 없이 사드리지요. 마누라한테 제가 충분히 보답했다고 말하겠습니다."

야영의 포근함 아래 사람의 속내를 고스란히 드러낸 대화였다. 준성이 '돼지도 아니고 무슨 도사가 거지처럼 퍼먹어' 라고 중얼거리며 아까처럼 음식을 가져왔다. 또 한 번 게 눈 감추듯 먹어치우자 그가 눈을 껌뻑거렸다.

"한 번 더."

"그러다 짜구납니다. 더 먹을 수 있습니까? 폭식하면 병난다고요!"

"걱정해 줘서 고맙군요. 다섯 번까지도 무난하니 아예 한 번에 가져와 주십시오."

준성은 쌓여 있는 빈 그릇들의 수를 세고 주머니에서 영수증을 꺼내 본 뒤 식당의 차림표와 가격을 눈으로 계산했다. 다음은 지갑을 꺼내 속을 들여다보았다. 불안한 눈빛의 그는 흔들리던 눈으로 이내 큰 결단을 내렸다는 듯 고개를 끄덕였다.

"이런, 제가 근무지를 너무 비웠었습니다. 잠시 다녀오겠습니다, 도사님. 저 절대로 어디 도망가는 거 아니니까 여기 계세요."

터벅터벅 걷다가 저만치 가서는 냅다 뛰어갔다. 준성을 보며 그가 다시 오지 않으리라는 건 바로 알 수 있었다. 그와 나의 촌극으로 식당가 사람들이 죄다 보는 상황이었다. 나는 꾸벅 인사하고는 은신의 호흡으로 바꾼 뒤 휴게실의 배낭을 챙겼다.

여벌의 옷을 챙겨 입고 나오는 나를 준성은 슬며시 고개 돌려 본체만체했다. 아마, 휴게실이 엉망진창이었다면 나를 가만두지 않았을 것 같다. 어찌 됐든 도움을 받았으니 돌려주려고 했었지만, 저러니 하는 수 없었다.

나는 걸레쪽이 된 옷가지를 쓰레기통에 넣고 도서관을 나섰다. 어느덧 도서관의 광장에는 고급 차량이 하나둘 들어와 빼곡하게 주차장을 만든 상태였다. 매력적인 남녀부터 선물 상자와 꽃바구니를 든 이들이 나를 보았다가 다시 도서관을 보았다.

누굴 기다리나 싶어 나도 뒤쪽을 보았는데 한 털보가 내게 다가와 '북 치던 이상현 씨?' 하고 물었다. 죽마고우를 만난 양 그가 헤벌쭉 웃었다.

"스카우트들이오. 초짜 스펠러들을 낚아채려는 녀석들이지."

듬성듬성 빠진 치아가 독특한 털보가 말을 이었다.

"스펠러들은 여러모로 쓸모가 많소. 예를 들면 나 같은 놈이 시나리오를 딱 쓰고 대필가가 복사해대면 연기자들이 대본을 금방금방 익히는 방식이지."

그는 이해가 쏙쏙 되는 특별판 대본이라고 말했다. 권당 단가가 매우 나가지만 효과는 좋다고 하였다.

"뉘신지?"

"아이고, 이런 난관이 있나. 나를 알아봐야 설득이 쉬운데. 첫인상을 완전히 조져 버렸군. 하긴, 내 면상이 이래놔서 가급적 덜 나서긴 했습니다만 그래도 여러모로 조명받았었는데. 좀 알아봐 주지."

아쉬워하던 그가 머리를 벅벅 긁더니 손을 바짓단에 슥 문지르고 내밀었다.

"반갑습니다. 나 박관호라고, 영화감독 하는 놈이올시다."

생판 처음 보는 얼굴이건만 전혀 거리낌도, 거부감도 없는 박관호의 모습에서 분명하게 느꼈다. 야영 스킬의 부작용을.

'정신 나간 놈들투성이구나.'

예의라는 가면을 벗어던진 사람들의 민낯은 여러모로 개성이 넘쳤다.

자칭 유명 감독이라며 언급하는 제목들을 듣다 보니 새록새록 기억이 떠올랐다. 회귀라는 경험으로 기억이 희미해진 것도 한몫했다.

뭐, 다 쓸데없는 일이었다. 알든 모르든 관심이 없고 필요하지 않았다면 길가에 굴러다니는 돌멩이나 사람이나 매한가지니까.

서로 공기처럼 지내던 사이에서 접점이 생기는 건 누가 뭐래도 쓸모의 유무였다. 좋게 포장하면 인연이고, 운명이라 하겠다.

"유명한 감독님이 무슨 일로 나를 찾은 겁니까?"

"거두절미하고 본론부터 딱 얘기하면 당신을 캐스팅하고 싶어서 그러는 거요. 어제 북소리를 듣고 나갔다가 내가 이상현 씨를 딱 보곤 아주 괜찮은 시나리오가 떠올랐거든."

박관호는 주머니에서 담배를 꺼내다가 금연지역이라는 것을 알고는 다시 넣었다. 아쉬운 듯 손가락을 매만졌다.

"배우를 할 마스크라곤 한 번도 생각한 적이 없는데, 박 감독님의 눈엔 달리 보였나 봅니다?"

"악역으로 딱 좋다는 소리지. 이른바 도살자 같은 거."

"주인공은 아니군요."

그는 '씬 스틸러로 봐줍시다' 하며 대꾸했다.

"원래는 당신을 주인공으로 시놉을 구성했었지. 그런데 신들린 듯 쓰고 오늘 아침에 보니 기막힌데 갑갑했던 거야. 시나리오는 끝내주는데 주인공의 모양새가 안 나와서 흥행이 미지수였어. 승승장구하던 내 역사에 오점을 남길 수는 없고, 고심 끝에 팔리게끔 고치기로 했지."

'뜰 놈, 안뜰 놈 감이 딱 오거든' 하고 덧붙이는 그에게 이유를 물었다. 박 감독이 내 얼굴과 몸의 비율을 가리켰다. 분위기는 뭐든 씹어먹을 만큼인데 샷이 구리다고 했다.

"피차 알지만 예쁜 그림은 죽어도 안 나오는 마스크잖소. 덩치는 좀 되지만 말이지."

욕을 이렇게 대놓고 하니 그저 허허 웃을밖에. 그러다 문득 박 감독에게 물었다.

"덩치가 된다고 했습니까?"

"그럼. 크고 넓고 아주 좋지. 살은 그대로 인상 푸근하게 그냥 두고 면도는 좀 해야겠소."

그의 말을 들으며 나는 내부 흐름이 아닌 몸 자체를 확인했다. 오전과 달리 급격하게 몸이 웃자라 있었다.

흡사 미래의 이상현에게 서서히, 차츰차츰 제임스의 특성들이 전해지는 것 같았다.

가장 먼저 온 것은 전사의 육체였다. 혈력의 크기만큼 이루어진 신체 성장이 이를 증명했다.

'어째 몸이 이리저리 뒤섞인 것 같더니만.'

아무래도 일그러진 륜의 효과를 피에로의 능력이 완벽하게 막아내지 못한 것 같다. 풍권류가 그 도화선 역할을 했는지, 때가 되어 일어난 변화인지는 확신할 수 없었다.

분명한 건 언젠가는 천공수에 있는 나의 모든 힘을 이곳에서 쓰게 되리라는 사실이었다.

잠시 호캄이 되고 권능을 똑같이 발휘하는 나를 떠올렸다. 다소 부족한 이상현과 완전체의 나를 비교하자 각기 장단점이 뚜렷한 차이를 보인다는 것을 알 수 있었다.

그리고 에일락 반테스도, 제임스도 아닌 이상현과 가장 가까운 인생은 현재의 모습이라는 사실을 확신했다. 나는 이 변화가 가능한 한 더디게 왔으면 하고 간절히 바랐다.

지금 내게는 먹고 마시며 살아간다는 일상의 충족감

이 있었다. 인간 이상현으로 일생을 살고 마지막 페이지를 덮고 싶었다. 위대하지 않더라도 내 자아를 온전히 이루고자 한다.

곧 외부와의 연결점이 가로막혔다. 숨법을 터득하고자 과거의 육체를 바랐던 내가 이를 거부하자 내부에서 태동하던 변화가 멈추었다. 의지의 크기만큼 능력을 발휘하는 것. 이야말로 격의 힘이자 권능이었다.

"외모도 다 개성 아니겠소."

말 없는 나를 박 감독이 달래주듯 말했다.

"조금 부족한 외모 대신 임팩트는 최강이니까. 아무튼, 그래서 주인공 바꾸고 시나리오 재구성했소."

"그게 도살자다?"

"대놓고 토막 내는 건 아니고, 친구 같았는데 알고 보니 끝판 왕이더라, 대충 이런 거요. 제목은 '피의 식탁', '살육자들의 만찬', '그림자 게임' 이 셋 중 하나로 할 거고. 후딱 수정한 거라서 최종 컨택은 아직이지만 말이야."

불알친구라도 만난 듯 미주알고주알 다 떠들려는 박 감독이었다.

이런 자리에서 공공연하게 나눌 이야기가 아니었다.

자리를 옮겨 분수대의 벤치에 앉았다.

"테마는 광기와 구원이지. 왜 살면서 부조리한 일들을 여럿 경험하잖소. 나쁜 놈이 잘되고 착한 놈이 거지 같게 되는 그런 경험. 유전무죄 무전유죄! 고대부터 오늘날까지 쭉 유지되는 이것에 여러 의미를 담아보는 거지. 영리한 만큼 등골 서늘하게 느끼도록."

"살인자들이 대기업 회장이라도 찔러 죽입니까? 정의 구현이라고 외치면서?"

박 감독은 귀를 버렸다는 듯 털어냈다. 못 들은 거로 치겠다는 강력한 제스처였다.

"여기 단란한 가족이 있소. 화목하게 서로 위해주는 남매도 있지. 미래를 꿈꾸며 결혼을 앞둔 연인도 있고. 금품을 훔치려던 도둑이 처자식을 죽이고 도주, 동생 학비를 위해 늦게까지 일하고 퇴근하던 누나가 골목에서 살해당하는 일이 생기지."

박 감독은 평화로운 일상이 누군가로부터 산산이 조각나는 사례를 열거했다.

지나치게 엽기적이게 극적인 것을 찾지 않더라도 그런 실례는 무수히 많았다.

"죽은 자의 처참함도 그렇지만 남은 자의 한과 복수

심이 어떨까. 오리무중, 깜깜무소식이라 잡지도 못해. 막상 잡았는데 법의 판결이 솜방망이야, 그나마도 어떤 놈은 몇 년 살다가 소리 소문 없이 나와선 잘 먹고 잘 사는 거지."

유가족들에겐 억장이 무너지는 일이다.

"남겨진 사람들이 법의 테두리 바깥에서 응징한다는 이야깁니까?"

"이 친구 보게. 그게 아니지. 이 시나리오의 테마를 생각해 봐."

광기와 구원이라고 했다.

"피켓 들고 시위하고 사람들에게 알아달라 호소해 봐야 바뀌는 건 없거든. 무기력이 학습되면 사회 자체에 정의가 실종되고. 자, 이런 건 나중 얘기고 우선 딱 보이는 스토리는 이래. 범죄자들이랑 유가족들을 한 공간에 두는 거야."

처음 본 사이였지만 박 감독은 마음으로 이미 내가 자신의 배우이고 친구라고 낙점을 한 상태였다. 그 속내가 여실하게 드러나 점점 말투와 행동 역시 변해갔다.

내 어깨를 턱턱 두드리며 잘 보라고 말했다.

칼끝이 주인공을 향할 때, 긴장감이 극에 달할 때 무참하게 썰린다. 개구쟁이처럼 나를 보며 박 감독이 웃었다.

"어때, 함께할 거지?"

박 감독이 거리낌 없이 다가와서 어깨동무하려다가 움찔했다. 송곳에라도 찔린 양 화들짝 놀라선 고개를 황급히 저었다. 그러더니 어깨를 부르르 떤 후 목젖이 보일 만큼 입을 크게 벌리고 웃어댔다.

이건 영락없는 희극배우의 모습이었다. 면전에서 보는 한 편의 코미디와도 같은 그의 행동은 매우 비정상적이었다.

정신병이라도 앓고 있는 것 같았다.

"당신, 조울증 환자요?"

마뜩찮은 표정의 내게 박 감독은 자신의 뺨을 두드리고는 심호흡을 크게 했다. 이후 한결 안정된 모습으로 말하였다.

"미안하오, 미안해. 내 안목이 기막히게 맞아서 너무 좋다 보니 이런 미치광이 반응이 나왔소. 게다가 이상도 하지, 좋은 동생 같고 막 속내를 말하고 싶은데 막상 동생처럼 대하려니까 몸이 오싹오싹하거든. 여러 사람 만나봤지만 이런 아우라는 진심으로 처음 겪어본다오."

박 감독은 뒤로 물러서고는 카메라 앵글을 잡듯 손가락으로 네모난 도형을 만들었다. 그 상태로 거리를 달리하며 보기를 몇 차례 하더니 감 잡았다는 듯 아홉 걸음 바깥에서 우뚝 섰다. 숨법으로 항시 발동 중인 내 스킬의 효과들을 개별적으로 느끼는 감각이 있어 보였다.

'감독이 맞기는 하군.'

시시껄렁하게 대꾸할 때가 아니라 저편에서 찍는 듯한 모션을 취하는 그때의 박 감독은 빛이 나는 사람이었다.

어떤 스킬인지는 잘 모르나 내가 경험하지 못한 종류의 것을 갖은 게 분명했다.

여하튼 새로운 일이고 박 감독이라는 인물을 통해 다른 계층의 사람들과 만나는 걸 거절할 이유가 없었다. 새로움은 언제나 나를 움직이고 즐거움을 자아내는 최적의 질료다.

"나중에 보지요."

"그럼 계약서 들고 조만간 만나리다."

올 때처럼 제멋대로 돌아가는 박 감독이었다. 유희를 하나둘 하다 보니 왠지 이블린이나 정혜란, 한나가 노는 일도 이와 비슷하리라는 생각이 들었다. 나중에 돌아가면 가족들과 더욱 재밌게 지낼 수 있겠다.

박 감독을 보내고 분수대의 수면에 몸을 비췄다. 몬스터의 특성이 자꾸만 더해져서일까. 인상 좀 찌푸리면 무서운 사천왕상처럼 보였다.

불끈 힘을 주자 제임스의 특성이 하나하나 적용되어 충만한 힘이 흐르는 것이 느껴졌다. 먹물 같은 제임스의 색이 옅은 이상현의 색을 모조리 물들여 특색을 묻어버리는 것 같았다.

나는 북을 쳤던 어제의 뚱뚱한 몸으로 되돌리기로 했다.

몸이 커진 것은 혈력의 비중이 아닌 동기화라는 륜의 특성에 있다.

그 연결고리를 활용하여 일전 무저갱에서 육체를 재구성하던 때를 구현했다.

노숙하고 살찌웠던 이상현의 몸 상태로 바꾸기도 하고 다시금 체구를 늘려서도 움직여 보았다.

비교해본 결과, 역시 성능은 제임스의 것이 좋았다. 애착은 내 본래의 몸뚱이에 더 가고 말이다.

녹슬고 시동 걸려고 해도 엔진이 몇 번이나 털털거리는 오래된 자동차였다.

힘도 부족하고 속도도 뒤떨어지지만, 정감이 갔다. 좋아, 이 몸뚱이로 만상수를 대성해 보자. 그리 마음먹고 나올 무렵이었다.

"나온다."

미끼를 늘어놓고 낚싯대를 들이민 것처럼 도서관을 보던 이들이 하나둘 입가에 미소를 머금었다.

시험을 마친 스펠러 응시자들이 나오고 있었다. 누가 합격하고 낙방했는지는 물어볼 필요도 없었다.

광대가 승천할 듯이 웃고 있는 이와 담담한 척하지만, 입술이 씰룩거리는 사람. 입술을 한일자로 꾹 다물고 괜한 아쉬움에 뒤를 돌아보는 사람으로 분위기가 확실하게 갈렸다. 마중 나온 강태공들이 이들을 두 팔 벌려 환영했다.

'스펠러가 저 정도까지 유망한 직종이었나?'

이름자만 들어도 국내 굴지의 대기업과 명함이 우수수 쏟아졌다.

여성에겐 매력적인 남성이, 남성에겐 매력적인 여성 스카우터들이 다가가 매력적인 조건을 내세웠다. 가까이 있던 직원에게 다가가 물어보니 그가 친절히 답해주었다.

"초심자의 행운을 받으려는 겁니다. 다른 계통은 몰라도 Z&F와 관련된 신직종에는 유명한 룰이지요. 제가 받을 메시지는 '사성그룹 이민우 회장님의 건강을 스펠러 아무개가 기원합니다' 입니다."

스펠러가 처음 되었을 때 쓴 글은 가장 효력이 좋다고 했다.

오죽하면 막 자격증을 취득했을 때의 순수한 마음가짐만 계속 유지할 수 있다면 1급이 되는 건 시간문제라고 할 정도였다.

받는 이가 명확하고 목적이 직설적이어야 행운의 효험이 좋다고 했다. 정식고용도 고용이지만 대다수가 저들의 첫 기원과 축복의 메시지를 가져가려는 것이 주목적이었다.

부자 중엔 스펠러의 첫 기원을 모으는 컬렉터도 꽤 된다고 덧붙였다.

이 역시도 보통 사람 눈에는 종이 쪼가리에 돈을 쏟

아붓는 졸부들의 돈 자랑이다.

지금의 나라면 적금 깨고 보증금 써서라도 같이 모으겠지만 말이다.

'누가 알겠어, 불운 대신 행운의 사나이가 될는지.'

자기 운명을 스스로 개척한다는 것도 좋지만, 역풍보단 순풍이 불어준다는데 이를 거부할 멍청이는 없다. 행운을 돈으로 살 수 있다면 이 얼마나 값싼 대가랴.

내게 자연스레 목적과 이유를 설명해 주던 사내가 영업을 개시했다.

장기 계약과 안정적인 급료를 대가로 기쁨에 들떠 있는 저들을 설득하였다. 그러던 중 무리 틈에 있던 미령이가 내게 손을 흔들었다.

"이상현 씨, 잠깐만요."

헐레벌떡 뛰어온 그녀는 내 손을 잡아끌고는 무리에서 벗어났다. 핸드백에서 반듯하게 접은 종이를 주는데 그곳엔 『아프지 마요』라는 글귀가 짙은 기운을 품고 있었다.

"덕분에 합격할 수 있었어요. 그날 대화하고 마음이 홀가분해졌거든요. 어제의 연주를 듣고 어느 때보다 마음이 안정됐었고요. 아실지 모르지만 스펠러들의 첫 메시지는 효력이 좋대요. 꼭 보답하고 싶었어요."

그녀는 종이 앞에 내 이름을 써서 주었다.

곧 패시브 스킬의 효과처럼 체내의 기운들이 미세하게 빠른 흐름을 보였다.

비율로 보면 1퍼센트지만 활성화된 만큼 저항력과 면역력의 향상이 이루어졌다.

간단한 기원 문구에 돈을 뿌려대는 이유가 과연 있었다.

"제값을 못 받아도 괜찮겠습니까?"

천 원짜리 지폐를 꺼내자 그녀가 웃었다.

"아깝지 않다면 거짓말이죠. 스카우트들이 왜 왔는지 합격자 발표 후에 다 알려주거든요. 시험관이 얼마 이상 받으라고 시세까지 짚어줘요. 그래도 상현 씨 아니었으면 불가능했을 테니까."

"저도 답례로 글을 적어드리겠습니다."

준성이라는 도서관 직원이 밥값 내주다가 도망한 것에 비하면 큰 결단이었다.

나 역시 그녀에게 복을 빌어주기로 했다. 펜을 빌려서 의지와 마력을 담아 글을 적고 타깃을 정미령으로 정했다.

조금 전에 엿본 마력의 흐름을 흉내 내면 머무른 마력이 부적처럼 그녀를 지키고 도울 것이다. 한데 내가 써준 메시지에는 마력이 깊이 각인됐을 뿐 미령이에게 흡수되지가 않았다.

검으로 절벽에 글귀를 새긴 것처럼 글귀에 박혀 있을 따름. 기억에는 또렷하게 남지만 버프 효과는 없다.

"스펠러들의 요령을 알려줄 수 있습니까?"

"기도해 보셨어요? 소원을 비는 거요. 그거랑 비슷해요. 그냥 이렇게 되라, 하고 바라는 게 아니라 생각을 가라앉히고 그다음에 정말 소망하는 마음으로 글을 적는 거죠."

놀라운 비밀일 줄 알았는데 순순히 이야기해 주었다.

'하긴, 아무나 할 수 있지만 제대로 하긴 어려우니까.'

소위 마음을 비우고 스스로 돌아본다는 말을 쉽게 하지만 정말 이를 실천하는 사람은 드물다.

마찬가지로 차분한 상태에서 염원을 담아 이를 글로 적는 것은 모호하고도 어려운 일이었다.

수험자들이 명언이나 경구들을 쓰면서 정리한 이유는 자신의 염원을 글로 쓰다 보면 개인적인 욕구를 쓰게 되는 이유였다.

배가 고플 땐 먹고 싶은 음식을 쓰게 되는데, 그 글귀를 보면 다들 왠지 음식점에 들르는 효과가 생겼다. 그렇기에 공부를 하고 달달 외워서 자신의 감정을 멋진 문구로 대체하여 표현하였다. 그러면 사려는 사람에 따라 비싼 값에 팔 수 있었다.

"혹시 스펠러의 글은 자기 자신한텐 효과가 없는 겁니까?"

"그렇다고 해요. 동료에게도 별반 효능이 없고요."

그 말을 듣고 알았다.

회귀의 요령을 모두 터득했어도 나라는 인간의 특성과 맞지 않아서 쓸 수 없었던 것처럼 스펠러는 전사 계통이 익힐 수 없었다.

스펠러의 명상과 내 명상은 같은 행위지만 목적이 달랐다.

스펠러는 응원하기 위한 준비로서 자신을 돌아보는 명상과 기도를 하지만 전사는 용감하게 나아가고자 자신을 굳건하게 세운다. 이 작은 차이가 판이한 결과를 만들었다.

'염원할 시간에 단련을 더 하고 말지.'

되돌리고 요행을 바라는 건 비겁했다. 전력을 다하고 꺾였으면 그 자리에서 죽어버려라.

이러한 내 기질에 따른 염원을 한번 적어보았다. 그녀가 언급한 스펠러의 요령에 따라 응원이 아닌 확신을 담아서 적었다.

내 가치관은 이곳에 오며 변했다. 회귀 당시이자 그때 충실했던 가치관을 명언과 함께 적으면 역시 명심보감이 딱 알맞았다.

『**열매 맺지 않는 과일나무는 심을 필요가 없고, 의리 없는 벗은 사귈 필요가 없다.**』

고백하건대 쓸모와 필요가 가장 큰 비중을 차지했다. 내가 쏟은 정성이 보답받지 못한다면 무가치한 거였다.

비록 그것이 고맙다는 말 한마디와 관심, 배려였지만 내겐 그것이 가장 크고 중요한 열매이자 벗의 의리였다.

그리고 미래를 방문하고 아내에게 잘못을 이야기하며 조금 변하였다. 지나치게 신뢰를 강조하고 배반에는 반

드시 복수하겠노라는 단죄의 집착에서 자유로워졌다.

『나보다 나을 것이 없고 내게 알맞은 벗이 없거든, 차라리 혼자 착하기를 지켜라. 어리석은 사람의 길동무가 되지 마라.』

법구경의 이 말이 유난히 크게 다가왔다. 전이나 지금이나 기질은 똑같았다. 다만, 이전에는 여유가 없었고 지금은 기다림을 실천하게 되었다는 차이가 있을 따름이다. 과연 내 삶의 가치관을 담아 적으니 새겨진 마력의 파동이 달랐다.

바위처럼 단단하게 고정되지 않고 물결치며 현혹하는 흐름이었다.

이를 저 현관 앞에 딱 붙여놓으면 선동문구처럼 타인이 내 사상에 물들게 되리라. 이런 걸 미령이에게 답례로 줄 순 없었다.

찢어 없앴다. 대신 '당신은 혼자가 아닙니다' 라는 메시지를 적은 뒤 이를 보이지 않게 접어서 주었다.

"힘에 부치는 일이 생기면 보세요. 도움이 될 겁니다. 필체가 엉망이라 그러니 나중에, 꼭 상황에 닥치면 보기를 바랍니다."

"잘 보관할게요."

쥐어주며 두 손 꼭 잡고 당부했다. 꾹꾹 새기듯 다짐
을 받을 때쯤, 함께 시험을 본 그녀의 후배가 좋은 값
에 거래했는지 함박웃음을 띠고 달려왔다.

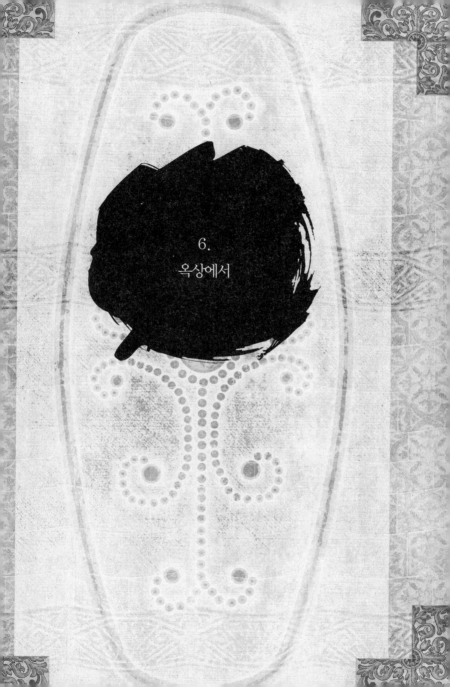

6.
옥상에서

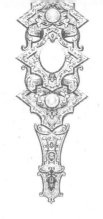

　은지 일행의 개인 방송국이자 작업실이 있는 상가 옥상으로 이사했다. 백림 공원에 사람들이 꾸준히 모여든 데다가 조만간 함께 촬영하기로 했던 터라 잠시 머무르기에 딱 알맞았다.

　한창 예능이다, 라디오 방송이다 하며 사방팔방 활동 중이라 작업실이 비어 있기도 했고 말이다. 의외였던 것은 백림 공원이 외부 사람들 때문에 바글바글한 것이 아니라 인근 주민의 연주로 시끌벅적하다는 사실이었다.

"그때처럼 신들리게 막 치고 싶은 거죠. 거기서 댄스에 재능을 발견한 애도 있대요."

박 감독이 시나리오를 완성했듯이 누군가는 발레를 췄고 누구는 그림에 악상도 떠올렸다고 했다. 사람마다 펠마돈이 다른 이유였다.

그사이 내가 외출한 건 공원에서 친구 삼았던 고양이를 데려온 것이 전부였다.

이후는 옥상에서 만상수의 수련에 전념했다. 다른 수작이나 요령 없이 꾸준히 요결에 따라 반복하고 거듭 몸에 단단히 새겼다.

그런 나를 고양이가 졸래졸래 따랐다. 그럼에도 조용수의 반응은 이전과 달랐다.

"얘는 밥은 내가 주는데 왜 도사님만 따라다니는 건지 모르겠네요. 나비야, 저리 가라, 가."

은지나 허진석보다 낯가림이 심한 그는 방에서 유유자적 지내다가 고양이를 보고는 연신 재채기를 했었다. 그런 그의 알레르기를 치료한 것은 다름 아닌 만상수의 수련이었다.

"땀 흘리는 거 싫은데요.

"그럼 알레르기 때문에 힘들걸?"

"쟤만 없으면 되는 거잖아요!"

"너 평생 그리 살래? 아니면 치료받을래."

'건강해서 남 주는 거 아니다?' 하는 권유에 그가 혹하고 넘어왔다. 정확하게는 내가 수련을 빙자하여 신체의 균형을 잡아준 것이었지만, 효과는 확실했다.

수련 첫날, 기마 자세로 팔다리가 녹진녹진해져서 낙지처럼 흐느적거리는 조용수는 고양이를 곁에 두고도 멀쩡했다.

사이비 약장수의 짓거리였지만 누이 좋고 매부 좋으니 된 셈 치자. 열심히 수련해서 기틀이 잡히면 정말로 건강해질 테니 완전한 거짓말도 아니었다.

그런데 조용수의 수련 사흘째가 되자 은지의 매니저 겸 바삐 다니던 허진석이 합류했다. 무려 네 명의 손님과 함께였다.

"처음 뵙겠습니다. 이번 은지 씨와 함께 '특집, 무림 고수의 세계' 촬영을 맡게 된 KSC 다큐 팀의 추성환입니다."

잘 부탁한다며 살가운 미소를 짓는데 이 모두가 은지가 화제의 중심에 서며 확장된 일이었다. 특별한 사람의 놀라운 일상을 취재하고 보여주는 소재를 들고 메이

저 방송이 따라붙게 된 것이다.

발상은 기존에 우후죽순으로 나온 '달인'들에게 백림 공원의 무명 도사가 방문하여 실력을 겨루고 평범한 사람들이 생각지도 못한 세계를 보여준다는 이야기였다. 무슨 일이 이리 전격으로 화끈하게 진행됐나 했더니, 그 대답이 실로 멋졌다.

"Z&F의 협찬이에요, 오라버니. 잘 부탁해요."

유나 쪽인지 신진권 쪽인지는 모르겠지만, 그 두 명이 보고 싶다고 한다. 유쾌한 놀이마당이니 마다할 이유가 없었다.

"선생님, 열심히 해보겠습니다!"

여기에 김은지 3인방도 함께 출연하는데 그녀는 화면을 화사하게 살려주고 진행한다. 조용수는 허당에 초보로 감초 역할이고 허진석은 진지하게 수련하며 고수를 꿈꾸는 청년이었다. 고수 간의 겨룸은 내가 보여주고 말이다.

섭외 과정은 매우 간편했다. 허진석이나 조용수나 다 은지 손바닥에 있기 때문이다.

"자, 잠깐. 난 갑자기 왜 끼는 건데? 개그맨이나 아무나 끼게 하면 되잖아!"

"용수야, 내 부탁인데 좀 들어줘. 응? 한 번만~"

"귀에 바, 바람 불지 말라고!"

방방 뛰다가도 애교 한 방에 사르르 무너지는 모습이었다. 이미 진즉 설득이 끝난 허진석은 방긋 웃는 은지를 위해 이 한 몸 불사를 기세였다.

"좋구나, 청춘이란."

한편, 이 방송을 내가 허락한 다른 이유는 취지가 마음에 들어서였다. 그간 방송으로 엄선된 달인들을 두루 만날 수 있다.

이 중에는 대한 무도협회의 회장씩이나 되는 거물부터, 유명 격투가이자 new century의 랭커인 양혁수를 비롯한 명실상부한 고수들의 목록이 대거 포진되어 있었다.

'나경호가 요원들 여럿이 병실 신세를 졌다고 했었지.'

스킬을 각성한 이들 중 고수는 비전을 터득한 나경호급이 나서야 한다고 말했다. 이는 랭커들의 수준이 그만큼 높다는 뜻이니 매우 흥미로운 부분이다.

그렇잖아도 궁금했던 차에 안전하고 뒤탈 없이 만나는 데는 이 방송의 콘셉트가 그야말로 제격이었다.

"단도직입적으로 묻지요. 정말 리얼로 해도 괜찮겠습니까?"

추성환이 촬영에 대해 할 이야기가 있다며 나를 불렀다. 무슨 소리냐는 듯 보자 그가 담담히 속내를 밝혔다.

"사실 잘 아실 테지만 방송에 논픽션이란 없습니다. 리얼로 그림이 나오는 건 그야말로 복권 당첨될 확률보다 적거든요. 그런 우연에 기대서 방송을 만들 수는 없지요. 그래서 대본은 없어도 연출은 있어야 합니다."

그래서 다큐를 찍을 땐 고생이 많다고 했다. 특히 자칭 무술가라는 사람들을 촬영할 때마다 문제가 많았다고 덧붙였다. 그 이유를 물으니 대답이 민망하도록 명쾌했다.

"고수가 여간 허접해야지요."

"무술을 못한다는 겁니까?"

"중국 무술가 중에 고수가 없는 건 이미 오래전에 밝혀진 거고, 겨루기 할 때 절묘하고 기막힌 것도 동종업계에서나 가능한 차력 쇼에 지나지 않다는 거, 이미 시청자들도 다 압니다. 영화 같은 액션은 합을 맞추고 CG를 입힐 때 봐줄 만하고요."

무술은 태생적으로 이기기 위해 만들어졌다. 나를 지

키는 방법으로 상대를 쓰러뜨리는 것. 그렇기에 능숙하게 몸을 놀리는 것이 아니라 무술의 고수는 강한 사람이라는 일반적인 시선이 컸다.

"싸움 잘하고 강력한 놈이면 된다?"

"그렇지요. 일반인이랑은 뭔가 다르게 싸워야 하고요."

여기서 허당이 무수히 판명 났다. 혼자선 날아다니는데 막상 대련시키면 엉망진창이라는 뜻이다.

"링에 올리면 그냥 KO당하는데 기왓장이나 대리석 암만 때려 부수면 뭐 합니까. 암바 걸리면 살려달라고 바닥 치는데 말이지요. 이게 현실인데 대중이 원하는 건 그래도 뭔가 다른 모습입니다. 무림 고수니까요."

각목과 대나무를 부러뜨리는 시범을 제아무리 끝내주게 할지라도 이는 퍼포먼스에 불과했다. 진각을 밟으며 발경을 쓰던 무인이 복싱 선수의 스트레이트 한 방에 쓰러지는 일, 그라운드 기술에 걸려 바닥을 치는 일이 허다하였다.

추성환이 내게 정말 괜찮겠느냐고 묻는 이유가 여기에 있었다. 괜히 볼썽사나운 꼴 보일 거 같으면 차라리 짜고 치자. 방송 망치는 꼴 난 못 보겠다는 뜻이다.

"솔직히 말씀해 주시면 상대를 저희가 잘 타협해서 골라보겠습니다. 아무래도 윗선에서 자극적으로만 만들려 해서인지 실무를 정말 몰라서 그런지, 대전표가 살벌해요. 이 상태론 정말 난리가 납니다."

"뭐가 되더라도 무조건 문제겠군요."

충분히 이해되는 이야기였다. 방송에서 중요한 건 공감대를 얻는 일이다. 설득력이 떨어지는 황당한 연출도 그렇지만 극적인 장면이 나오지 않아주면 이 역시도 시청자는 채널을 돌려 버린다.

"많이 우려되나 봅니다."

"이상현 씨의 무술이 권법이라니 더 그렇습니다. 오만 가지 무술 중에서도 가장 비효율적이라고 정평이 난 그걸 어디에 씁니까? 건강체조면 모를까."

실제로 '어떤 무술이 제일 센가'라는 물음에 대한 답은 나왔다. 경기가 아닌 실전이라면 무조건 종합격투기가 최고였다.

정통의 무술일수록 그 기술과 쓰임새가 한정적이다. 발기술이 특화됐다는 건 다른 기술에 취약하다는 증거에 불과하다.

과학적으로 단순하고 효과적이며 소위 말하는 태세

전환이 능동적인 무술이 가장 좋다. 타격과 관절기를 비롯한 공식이 딱 나와서 제대로 걸리면 그대로 항복해야 했다.

그래서 일찍이 이용택 관장도 말했지 않던가. 무술은 수학이라고.

부단히 반복하여 몸에 세긴 후 상대보다 빠르게 그 수에 성공하면 끝이었다. 하지만 이건 스킬이나 제대로 된 비전을 터득하기 이전의 이야기였다.

"요즘 듣자 하니 놀라운 달인들이 많이 등장했다는데, 그들의 실력은 어떻습니까?"

"예전보다 놀라워지긴 했더군요. 하지만 고수라기엔 하자가 많습니다. 동전 넣으면 움직이는 기계 같거든요."

혀를 차며 최근의 영상을 내게 보여주었다. 팔각형의 경기장에서 자세를 취한 두 명의 남자가 서서히 거리를 좁히면서 틈을 노리다가 성큼 다가갔다.

새처럼 뛰더니 허공에 날렵한 동작으로 발차기했다. 이를 맞은 상대편 선수는 머리가 옆으로 확 돌아가는 상황에서도 근접 기술을 걸었다. 자세를 낮추고 상대의 허리를 감싸 안더니만 그대로 메다꽂은 것이다.

그림 같은 공격이었지만 결과는 아름답지 못했다. 링 위에 넘어진 두 사람 중 일어나는 이는 아무도 없었다. 환호하려던 관객이 웅성거렸다.

심판이 엉킨 그들을 떼어놓으니 팔과 다리가 불가능한 각도로 꺾인 상태로 실신한 그들이 드러났다.

"전문가들조차 이해할 수 없다고 합니다. 턱을 분명히 제대로 맞았거든요. 판독하면서 봤지만 맞았을 때 눈이 풀렸습니다. 그런데 그 상태로 기술에 성공하곤 둘 다 그로기 상탭니다."

비슷한 사고들이 동시다발적으로 상당수 일어났다. 나는 나경호를 통해 배운 터라 저 상황을 바로 이해했다. 스킬은 쓸 수 있되 기운을 효과적으로 사용할 줄 몰라서 일어난 불상사다.

나경호가 명치를 쳐도 된다고 하고 급소는 기분이 나쁘다고만 한 이유는 상대의 공력을 자신의 공력으로 받아내는 이유였다. 스킬이라는 이름의 칼만 휘두르는 게 아니라 방패도 착용해야 했다.

마력은 마력으로 상쇄한다. 아니면 육체를 강화해서라도 견뎌야 했는데, 저들은 이 부분에서 미흡했다. 일반 스킬과 달리 공격 계통인지라 더욱 두드러지게 나타난 모습이었다.

"의식을 잃어도 공격은 하다니, 섬뜩했겠군요."

몸과 정신의 불균형이 일으킨 상황이었다. 먼저 당해서 의식을 잃는 것이나 그 상태로 스킬을 쓰는 거나 그 기술을 맞고 같이 의식을 잃는 이 모두의 같은 이유였다.

몸은 기억하는데 마력이 설피 동조하여 반문이 기술이 작렬했다. 이 약화된 상대의 공격에 기술이 걸려서 혼절하는 것도 마력 운용이 어설펐기에 생긴 일이었다.

"말도 마세요. 덕분에 정말 웃기지도 않는 암묵적인 룰이 생겼습니다."

승자 없는 경기가 속출했다. 부상자가 여럿 나왔다. 그런 시간이 한 달이 흐르니 경기장의 싸움이 합의라도 한 양 수동적으로 바뀌었다. 좋게 표현하면 신사적이 됐다지만, 치열함을 상실했다는 것이 옳은 표현이었다.

각자 자기 주력 기술을 적어놓고는 그걸 뺀 상태로 겨루는 이상한 룰이 선수들 사이에 정해졌다. 아니, 차 포 떼고 둘이서 장기 두는 게 무슨 재미가 있단 말인가. 격투기의 전 종목이 재미없어지는 것은 당연한 순서였다.

결국, 달인끼리 붙여봐도 나오는 그림은 막싸움이었다.

"보통 사람들과 겨루는 건 어떻지요?"

"그땐 아주 좋죠. 사범이 제자들 데리고 아주 날아다니는 게 허다합니다. 그런데 사범들끼리 붙여놓으면 이 꼴이 납니다. 이상현 씨도 신중히 생각해 보십시오. 거짓말 하나 안 보태고, 한 방에 골로 갑니다."

"혹시 투로라는 걸 아십니까?"

"싸움의 길?"

그가 모른다며 고개를 저었다.

"가상의 선입니다. 자세를 잡고 공방을 겨루는 건데, 이 투로를 볼 줄 알면 서로 조심하기에 그렇게까지 위험한 상황은 생기지 않지요. 반대로, 이를 볼 줄 모른다면 어떤 상황에서도 사고가 발생하지 않습니다. '

"이상하네요. 모르면 더 문제 아닙니까? 눈 가리고 운전하면 충돌인데."

"제 실력이 확실하게 위라는 뜻이라 컨트롤할 수 있다는 의미지요."

이래 봬도 에일락 반테스의 지시대로 이용택 관장까지 한 수 가르친 몸 아니랴. 훈육 경험이라면 뇌리에 백과사전 분량으로 꽉꽉 들어차 있었다.

"지금 제 입으로 괜찮다고 해봐야 소용없겠지요. 촬영 일정이 어떻게 되지요? 그전에 이 친구들 가르치며 보여 드리겠습니다. 각서도 써두지요. 죽더라도 당신들 책임 아니라고."

그는 항복의 표시로 두 손을 흔들었다. 급속히 친해진 그들은 마음 편히 이야기했다.

"좋습니다. 우선 일정을 간단히 알려 드리면 이게 한 달 촬영인데요. 놀랍게도 방송은 다음 주부터 나옵니다. 아마 2주차 접어들면 주위 사람들의 반응이 달라질 겁니다. 야유가 됐든 환호가 됐든 말이지요."

"일정이 왜 그 모양입니까?"

무슨 쪽대본 드라만가, 바로 찍어서 바로 방송하게. 어처구니없다는 내 눈빛에 추성환이 멋쩍게 머리를 긁적였다.

"황당하지요? 근데 정말입니다. 가뜩이나 4차 new century 종료됐다고 랭커들이 방송에 진출하고 난리났는데, 정규 방송 밀어내고 '특집, 무림 고수의 세계'가 황금 시간대까지 차지했지요."

"신 회장의 힘이군요."

5년의 게임 역사가 잠시 종료되면 랭커들은 수확기이자 활동기를 가진다. 영화 촬영 마친 배우들이 홍보하러 다니듯 플레이어 중 유명한 이들이 홍보하러 다니는 기간이었다. 이때 반짝 활동하고 다시금 게임이 개시하면 본 직업에 충실하게 된다.

"마저 이야기하자면 여러분의 일상을 담당 VJ들이 일주일간 찍을 겁니다. 그 이후 고수를 찾아 도전하는 비무로 넘어가지요. 참고로 촬영 개시인 내일부턴 연예인 전문의 출장 아티스트도 붙습니다. 의상도 협찬이고요."

"KSC라기보단 이 역시도 Z&F의 투자겠군요."

이 모든 이유가 5차 new century 오픈 일에 맞추려는 거였다.

"Z&F가 작정하고 밀어붙이니 다큐가 대형 프로젝트로 바뀌는 거 순식간이더군요."

추성환은 풀지 못하는 의문을 목까지 꾹꾹 눌러 담은 상태였다. Z&F 홍보라거나 그들과 관련된 누군가라도 나와주면 이해를 할 텐데, 대전자 명단을 보니 정말로 달인으로 소개되고 무술가로 정평이 난 사람들만이었다.

그들과 나의 접점은 어디에도 없었다. 그저 부자의 장난이고 즐거운 변덕인데, 음모론까지 가면 해답을 구하지 못할 것이다. 은지가 재미있게 듣다가 추성환의 팔을 툭툭 건드렸다.

"그거 오라버니한텐 절대 비밀이라고 신신당부했는데 이렇게 막 이야기해도 돼요?"

"…아, 그랬지. 음! 술에 취하지도 않았는데 내가 왜 이랬지? 이거야 원. 저기, 이상현 씨, 제가 지금 빚이 좀 있고 처와 아들과 딸에 노모까지 모시고 사는 중이라 그러는데……."

"못 들은 셈 치지요."

"감사합니다."

게다가 윗선에서도 이해할 거다. 나는 그리 촬영 팀의 식구들과 이야기를 하고 본격적으로 일주일간 만상수의 수련과 전수를 시작했다.

물론, 그전에 때 빼고 광을 좀 냈다. 스타일리스트는 나를 우시장에서 시원찮은 소 품평하듯이 보았다. 분위기는 있을지 모르지만 핏은 영 빵점이라고 했다.

"따로 무슨 종교적인 이유는 없는 거죠? 수염을 깎지 않는다거나 옷을 헤진 거로 입는다거나 하는 거요.

아니면 분위기를 해치지 않는 선으로 패셔너블하게 가볼게요. 촬영 콘셉트에도 당연히 맞추고요."

'내추럴하게~' 흥얼거리며 가위가 오가고 헐렁했던 옷 대신 박음질이 잘 된 잿빛 도복을 입었다. 빈티지랑 빈티 나는 건 다르다며 부산스럽게 왔다 갔었는데 덕분에 몰골이 제법 봐줄 만하게 변하였다.

이튿날 아침, 건물 옥상에서 명상으로 밤을 보낸 내 눈에 졸린 눈 비벼가며 조용수와 허진석이 나타났다. 은지는 첫 만남처럼 건강미 넘치는 운동복 차림에 풀 메이크업을 한 모습이었다.

"선생님, 지금 수련하는 무공 이름이 만상수라고 하셨는데, 왜 만상수인가요? 일만 개의 손 모양? 일만 개 형상의 손? 어떤 거죠?"

일찍이 설명을 들어놓고도 모르는 양 연기를 잘했다.

"만 가지의 변화를 보일 수 있고 투로가 있으며 흐름을 아우르기에 만상수다. 쉽게 말해, 이것 하나면 모든 것을 다 사용할 수 있다는 뜻이지."

"하나만 익혀서 전부 다요? 그럼 호랑이 권법이나 사마귀, 원숭이, 학 권 같은 거 다 할 수 있겠네요?"

"그렇지. 그런데 이런 다양한 특성을 모두 담으려면 몸이 어떠해야 할까? 유연하고 부드럽고, 강하면서 탄력이 있어야겠지?"

옆면으로 치면 손날이고 뻗으면 장법, 쥐면 권법이라는 뜻이 아니었다. 어떤 마음으로 무엇을 거머쥐느냐에 따라 다채로운 기운을 흉내 낼 수 있는 까닭이었다.

이를 위해 선행되어야 하는 건 누가 뭐래도 몸이었다.

"그래서 저렇게 요가를 하는 거였네요. 근데 왜 용수만 요가를 하고 진석이는 권법 같은 걸 하나요?"

"사람마다 몸 상태에 따라 강도를 조절해야 한다. 핵심은 호흡에 있지. 은지도 함께 배워보자."

화장을 다 했는데 땀을 흘리는 건 싫다고, 봐달라고 은지가 애원의 눈빛을 했다.

"배우기보단 보조 역할을 하면 어떨까요? 나중에 꼭 개인 지도받을게요."

"그럼 진석이 다리를 더 벌려줘라, 애정의 크기만큼."

잠시 후 비명이 울렸다. 지금 이건 시청자들이 우리가 어떤 무공으로 어떤 무술과 대결하는지 알려주기 위한 무공 강의 시간이었다. 자고로 룰을 알아야 관람하는 재미가 더 커지게 마련이다.

이를 위해 상대의 무술에 어떤 대응을 할지, 만상수의 초식이 무엇인지 친절하게 짚어줄 필요가 있었다.

호흡부터 동공이라 불리는 행법까지 차분히 설명했다. 널리 알려진 태극권처럼 이를 수련하면 무병장수할 것이다. 남자용과 여자용을 구분하는 섬세함도 더했다.

"이거 방송 나가도 되는 거 맞죠?"

"물론. 나는 알려줄 뿐이지, 수련하는 건 각자의 몫이거든."

쥐고 있는 거에 연연하지 않아도 됐다. 초월자가 열어준 미래는 꾸준히 노력하면 능력으로 보상받는 세계. 비전과 특별한 뭔가에 연연할 이유가 없었다.

노력이 배반하지 않는 이 공평한 원칙에서 이제까지와 달리 네가 보잘것없다면 그건 다 네 책임이었다. 반대로 네 앞날이 창창한 미래로 바뀌었다면 자부심을 품어도 좋았다.

"어떤 결과를 얻든 다 너의 공(公)이다."

옥상 수련, 이틀째부터는 팀을 나누기로 했다. 제대

로 익혀보겠다는 허진석에게 진짜배기 만상수의 수련을 지도하였다.

"닷새나마 극기를 경험해 보자. 피를 토하고 이러다 죽겠구나 싶을 정도로 할 것이다. 하지만 약속하건대 절대로 죽지 않는다. 그간 나를 지켜본 너희이기에 믿고 따라오라는 말만 하마."

"오라버니, 저희가 수련하는 분량은 방송으로도 고작 10분 남짓인데요. 주인공은 달인분들이랑 고수님들 소개이고 무술 홍보 같은 거예요."

"그런 마음가짐으로 할 거면 난 그만두련다. 진심에는 진심으로 해야지. 진심을 장난으로 대하면 진실한 사람만 상처 입는다. 너희는 달인분들의 10년 노고를 무시하려는 거냐?"

포효처럼 울리는 목소리에 어깨를 움찔한 은지 일행이 수긍했다. 그리고 매우 당돌하면서도 바람직한 결단을 내렸다.

"저도 같이할게요. 진석이만 죽일 순 없죠. 용수야, 그렇지?"

"난 빠지고 싶은데."

"고맙다, 친구야."

의기투합한 세 친구의 모습은 매우 아름다웠다.

아침 공기를 맞이하니 계절의 변화가 온몸에 와 닿았다. 겨울 햇살이 네온사인의 은은한 조명 정도고 바람은 깊숙이 열린 옷깃 사이로 무섭게 침입해 오는 강도 같았다면, 봄은 환한 백열등 아래에서 손짓하는 아낙네고 마주 웃는 환영의 손길이었다.

완전히 여름에 들어서면 잔소리를 퍼붓는 아내처럼 뙤약볕을 연신 피하게 하지만 말이다. 달력의 숫자가 바뀌고 한 장, 한 장이 찢어지는 수리적인 시간보다 온몸으로 느껴지는 색과 온도의 변화가 비로소 시간을 실감케 했다.

지난날과 다른 새로운 사람을 마주한다는 것도 큰 몫을 했다. 옥상은 도심에서 가장 하늘과 맞닿은 곳이었다. 지상에서 하늘을 보면 좌우로 빽빽한 건물이 칸막이처럼 그림자를 드리우지만, 옥상에서 고개를 들면 풍경은 사뭇 달랐다.

한 하늘 아래에 여덟 명의 사람이 서로 마주 보았다. 내게 모이는 시선을 음미하노라면 스포트라이트를 받는 무대의 주인공이 된 양 가슴을 펴게 된다. 아마도 소극

장의 공연을 본 이후라 그럴 것이다.

"각자 준비물은 가져왔지?"

준비운동을 마친 세 사람에게 말하자 각자 가방에서 작은 물건을 꺼내왔다. 좋아하는 동물의 모습을 본뜬 액세서리를 골라오라는 지시였는데 툴툴거리면서도 착실하게 준비해 온 모습이었다.

"짠, 귀걸이 협찬받았어요. 예쁘죠?"

"남자답게 골랐습니다. 제 돈으로요."

"전 그냥 온라인으로. 가서 고르긴 좀 민망해서요."

은지는 보석이 박힌 고양이 귀걸이였고 허진석은 코뿔소의 뿔을 가공하여 만든 팔찌였으며, 조용수는 육각형의 등껍질을 자랑하는 거북 목걸이였다.

"잠깐 쓸 거 아니니까 제값 주고 사거라. 토템같이 평생 반쪽처럼 여겨야 해."

"망가지면요?"

"고쳐야지. 마음이 깃들어야 하니까, 나중에라도 똑같이 직접 만들 각오를 하고. 딱히 종교가 있든 없든 상관없다."

문신술처럼 저 액세서리 자체가 대단한 효능이 있는 건 아니었다. 단지 자신이 어떤 동물의 특성을 닮으려고 하는지, 이를 쉽게 연상하라고 내린 지시였다.

근데 어째 다 자기랑 비슷한 동물을 고른 것 같다. 닮은 사람은 보통 싫어하면서 닮은 동물은 좋아하는 게 묘했다.

"만상수는 인간은 약하다는 전제로 시작한 무공이다. 총 네 개의 단계가 있고 각각을 경(境)이라는 단어로 구분한다. 이는 계단과도 같아 1경을 올라야 2경을 익힐 수 있지. 건너뛰는 것은 불가능하다. 단계마다 하나씩의 무술을 제대로 익혀야 해."

순서는 동물과 식물, 광물과 자연의 순서이며, 종과 개념이 달라지는 만큼 익히기 어려워졌다.

"자연은 어떤 건가요?"

"바람이나 물, 불, 하늘, 바다, 화산과 같은 거다. 여기까지 익히면 대성했다고 보고 매우 특별한 힘을 손에 넣을 수 있지. 물론, 이는 나중의 일이니 우선은 동물적인 힘을 제대로 수련하도록 해보자."

수형권(獸形拳)이란 동물의 특성을 따르고 움직임을 본떠서 만든 사람의 몸짓이다. 만들고 쥐는 것이 주목적인 우리의 손과 달리 사자와 곰의 발은 그 쓰임이 다르듯 인간의 섬세한 움직임에 동물의 강함을 싣는 것이

목적이었다.

그런데 여기서 문제가 생겼다. 제아무리 손을 날렵하게 휘둘러도, 굳은살이 박이도록 단련해도 칼과 망치라는 도구만 못했다. 기술과 무기가 없던 시절에는 이런 육체 단련이 효과를 발휘했지만, 무기의 발전에 따라 인간의 몸을 단련시키는 것은 어리석은 행동이 됐다.

"인간의 몸은 분명히 한계가 있지. 그렇다면 자연스레 의문이 들 거다. 신체 구조가 다르고 한계가 뚜렷한 몸이라 해놓고 무슨 진화를 논하겠느냐고. 그 답을 지금 보여주마."

말을 멈추곤 두 손을 가슴 앞에 모은 뒤 양발을 어깨 너비로 벌렸다. 오른발을 들었다가 바닥을 찧으니 순간, 수 톤의 쇳덩이가 떨어진 양 육중한 울림이 퍼졌고, 옥상 전체 바닥이 들썩였다.

조용수가 엉덩방아를 찧었고 가라앉았던 먼지가 뽀얗게 일어나 안개처럼 떠올랐다. 그 가운데 오른손과 왼손을 오므려 고양이의 발톱처럼 만들고 허공을 할퀴었다.

바람 찢어지는 예리한 파공성이 날카롭게 귀를 후벼 팠다. 일어난 먼지가 열 줄기로 쭉 밀려나며 시원스런

통로를 드러냈다. 다음은 양팔을 당기고 배와 가슴에
둔 뒤 주먹을 쥐어 뻗었다. 둔중한 바람이 전면의 먼지
를 확 날렸다.

"선생님의 경지는 얼마인가요? 모두 익히셨나요?"

은지의 물음에 손가락을 헤아렸다. 호캄이라는 짐승
을 완벽하게 품었고 대지의 뿌리라는 스킬을 쓸 줄은
알았다. 정령을 통한 속성력도 가능한 데다가 굴강이라
는 내구 관련 특성도 있었다.

"1경을 마스터했고, 나머진 두루 엿본 정도다."

극의를 쓰긴 하지만 모든 분야에 두루 통용되지 못했
다. 물론 안 한 것이지, 못한 것은 아니었다. 정령과
완벽하게 합일했다간 라탄트라처럼 멀리 날아가 버리고
환혼력에 충실하면 에일락 반테스의 분신이 되는 이유
였다.

평범한 인간이 보일 수 없는 무공을 선보였다. 들썩
인 먼지가 훅 뚫리며 8차선 대로처럼 옥상의 전경이 시
원스레 트였다.

이를 본 촬영 팀은 어떻게 하고 있을까. 너무 놀라지
않았으면 좋겠는데, 하며 그들을 보았는데 이게 웬걸.
감탄사가 절로 나왔다. 프로는 프로였다.

깜짝 놀라고 당황했을 줄 알았다. 그런데 웬걸. 나를 찍고 은지 일행을 렌즈에 담은 두 사람이 있었고, 옥상의 전경을 촬영하고 건물 아래의 다른 사람들 반응을 면밀하게 훑는 카메라워킹이 보였다.

나를 보는 시선에 허탕은 아니구나 하는 안도감까지 보였다. 하긴, 다른 달인들도 스킬 효과를 발휘했다고 하니, 어느 정도 면역이 됐을 것이다. 지금까지 너무 깜짝깜짝 놀라는 사람들만 봐서 그런지 다소 멋쩍었다.

"이상현 씨, 혹시 톤을 달리해서 한 번 더 괜찮겠습니까?"

촬영 들어갔을 때는 공기처럼 없는 셈 치라며 나서지 않기로 했던 추성환이 열의를 보였다. 다소 심드렁했던 방송에서 가능성을 본 것이다. 달인들보다 내 기술이 쓸 만했나 보다.

"제자들이긴 하지만 서로 존중해 준다는 느낌으로 해 주시면 어떨까요? 시청자들로선 아무래도 겸손하게 대우받는 느낌이 좋습니다."

친한 사이라고 해도 진행자가 형, 동생 하며 반말을 하는 건 삼가는 게 좋다는 조언이었다. 모름지기 잘된 방송은 특정 마니아층 백 명이 백 번 다시 보는 방송이 아니라 만 명이 한 번 보는 대중성이 바람직했다.

명령조보다는 부드러운 말투가 나왔고, 특징은 있으나 지나치지 않는 요령을 추성환이 조목조목 설명했다. 듣고 보니 일리가 있었다. 방금 내 액션을 보고는 더 괜찮게 만들려는 의도였다.

"친근한 욕설이라고 해도 누군가에겐 트라우마를 건드리는 송곳이 될 수 있어요."

"모든 사람의 비위를 거스르지 않는 건 불가능한 일입니다."

모두의 편이라는 건 누구의 편도 아니니까.

"비위라기보단 타협점이죠. 불호(不好)보단 호(好)가 낫거든요. 방법도 손쉽습니다. 그냥 말투만 살짝 바꿔주면 돼요."

모나지 않게, 못나지도 않게. 일상에 드라마적 느낌을 부여하는 분야라 접근 방식이 나와는 여러모로 달랐다.

이 정도는 수용 가능한 범위였다. 충분한 근거와 이유가 있었기에 적당 부분 수렴하기로 했다. 적절한 피드백은 이쪽에서도 환영이다.

"고맙습니다. 한 가지 더하자면, 신상명세를 공개하

는 것보다는 김은지 씨가 운동 중에 발견했다는 설정으로 가면 어떨까요? 아무래도 직장 정리하고 수련하신 세월이 몇 달도 채 되지 않았다는 부분에서 설득력이 부족합니다."

"거절하지요."

눈살이 절로 찌푸려졌다.

"지금 나한테 저들의 생각과 의문 하나하나까지 다 신경 쓰라는 겁니까?"

신비감을 유지하는 쪽이 낫다는 걸 모르는 바는 아니지만, 간섭이 지나쳤다. 배려의 범주라면 받아들이겠으나 눈치를 보고 자존심을 숙일 바에는 안 하고 말겠다.

"과거가 화려한 무술가를 찾는 거면 다른 사람을 섭외하십시오. 설득력은 내 지금 모습이면 충분합니다."

추성환의 눈을 보자 그가 황망히 물러섰다. 자신이 지나쳤다기보다는 잔뜩 겁을 먹은 모양새였다. 주위를 보자 다른 VJ부터 한창 악 소리를 내며 기합을 넣었던 은지 일행까지 내 눈치를 보고 있었다.

살기가 투기를 뿜은 건 아니었다. 다만, 포근하게 감싸주던 야영 스킬이 사라져서 더 춥게 느낀 것 같았다. 반작용이다. 나는 손으로 입가를 만져 입꼬리를 올렸다. 야영의 호흡으로 분위기를 아우르곤 은지에게 눈을 찡긋했다.

"진석아, 만상수가 어떤 무공이라고 했지?"

"상대를 이기는 것이 목적이 아니라 육체 그 자체를 강화하고 진화를 모색한 무공이라고 하셨습니다."

엄한 사부님 같았던 조금 전에서 푸근한 웃음을 띤 아는 이웃집 아저씨의 표정을 지었다. 오뉴월에 옥상에 서렸던 한파가 그제야 눈 녹듯이 사라졌다.

분위기가 완전히 풀어지는 데는 딱히 내 노력이 필요 없었다. 그냥 리허설 했다손 치고 똑같은 상황을 반복했더니 자연스레 긴장이 풀렸다.

나 역시도 애써 착한 척한다기보다는 저들 모두를 공평하게 대하고 불특정다수의 청중에게 설명한다는 마음가짐으로 임했다.

또 누가 알랴. 이 방송을 보고 기운을 내서 자신의 시간을 노력으로 채우는 사람이 나올지. 그런 이들에게 좋은 길라잡이가 돼주기를 바란다.

"수(手)라는 말이 붙기는 하지만 여기서 손의 의미는 도구를 쓰듯 다른 무언가를 다룬다는 뜻입니다. 이 함의를 바로 알아야 한낱 몸짓이 아닌 무공이 되는 거지요. 조금 전의 초식과 연결해 보겠습니다."

방금 보인 것이 있기에 저들의 집중도와 눈빛이 달랐다. 비단 이는 은지 일행만이 아닌 촬영 팀 모두가 같았다.

바람처럼 움직인다고 미친 듯이 뛰어봐야 정신 나간 놈 소리를 듣기 십상이다. 요체는 행동을 따라 하는 것이 아니었다. 넘치는 기를 내공화해서 체득하는 것이다.

"형(形)을 익히되 의(意)를 남기고 요결과 하나(合 一)가 되는 것. 항시 이를 새기고 수련에 임하면 됩니다."

"그 힘이 내공인가요?"

"문화마다 달리 부릅니다. 기, 내공, 차크라, 공력, 마력처럼 매우 다양하지요. 어떻게 불러도 상관없습니다. 다 같은 뜻이거든요. 우리는 편의상 공력으로 부르는 것으로 하지요. 이 공력의 유무가 고수의 기준이고 손짓, 발짓이라는 초식에 어우러지면 이를 무공이라 합니다."

"저희는 언제쯤 제대로 된 무공을 쓸 수 있을까요?"

회귀했을 때의 세상이라면 재능에 따라 하루아침이 될 수 있고 재능이 없으면 평생을 가도 어렵다고 대답했을 것이다. 그러나 이곳에서는 확실하게 알려줄 수 있었다.

"하루에 천 번씩 수련할 각오로 1년만 일로정진 하세요. 만상수뿐 아니라 어떤 운동, 어떤 수련을 해도 소기의 성과를 볼 것입니다. 이를 여러분에게 직접 보여주고 느끼게 해주겠습니다."

"네?"

"이론은 이쯤으로 충분하니 이제 움직입시다. 간절히 바라기만 해선 아무 일도 일어나지 않아요. 20년 전에 유행했던 어떤 책에서 그러더군요. 간절히 바라면 온 우주가 돕는다고. 여기에 진짜를 추가합니다. 바라는 만큼 실천해야 한다는 것을요."

빌기만 하면 망상에 불과하다. 노력 없는 행운과 성공은 사상누각일 뿐이다.

"그게 무슨 말씀이세요?"

"예고했던 대로, 정통 수련의 시작입니다. 각자 선택한 동물에 맞게끔 만상수의 초식을 변형하여 알려 드리지요."

나아가고 물러서고 돌아서는 보법. 막고 흘리고 찌르며 치는 수법. 공방을 잇고 때론 방점을 찍는 퇴법에 각법까지. 인간의 몸이 취할 수 있는 동작은 수백 가지다. 하지만 막상 몸에 익혀서 쓰는 투로는 서른여섯 개면 됐다.

"우린 서로 고른 동물이 다른데 같은 걸 배워도 되나요?"

"물론입니다. 사람의 움직임에 맞췄기에 틀은 같지요. 대신 손가락을 쥐고 펴는 정도와 보폭에 차이를 두는 정도입니다. 그것만으로도 기세가 확 달라지거든요."

무겁게 내딛고 경쾌하게 내딛는 것의 차이는 바라보는 시선과 무게 중심을 발뒤축에 두거나 앞에 두는 정도에 있었다. 숨의 깊이 역시 달랐는데 이 작은 것이 수형권이 저마다 다른 공력으로 진화하는 핵심이었다.

투로를 외운 다음은 이른바 실전 박투술이었다. 딱 그 투로를 취해서 막을 수 있도록 이른바 맞춤 대련을 했다.

"수료는 36로의 공방이 물 흐르듯 이어지면 종료입니다. 이 정도면 어디서든 대처할 수 있으리라 확신하지요."

내가 공격하면 딱 투로의 자세를 취해 저들이 제대로 막는 거였다. 제대로 하면 충격을 제대로 분산할 수 있다. 대신 방어를 미숙하게 하면 펑펑 날아가고 바닥을 온몸으로 쓸면서 다녀야 했지만 말이다.

"저, 저희 괜찮을까요?"

"아파도 몸에 좋아요. 피부도 단련되고 감각도 예리해집니다. 이렇게 요령 있게 때리는 거, 아무나 못하는 겁니다. 게다가 충격흡수 매트도 바로 옥상 전체에 깔고 있지요."

이른바 타혈법이다. 때려서 막힌 기혈을 두루 통하게 해주는 고등한 수법이었다. 몸은 하나고 사람은 셋인지라 나중엔 환혼장벽을 이용하여 상대했는데 이런 내 모습을 보고 추성환은 '천수관음'이라는 말을 붙여주었다.

"이제는 말할 기운도 알려준 호흡에 집중해야 합니다. 시작합시다."

이후 표정을 싹 바꾸곤 빨간 모자를 쓰고 호루라기를 불어대는 조교처럼 저들을 다그쳤다. 입에서 '아이고' 앓는 소리가 절로 나올 만큼 고되게 수련시켰다.

휴식은 길어야 짧게는 1분. 길어야 3분에 단련 시간은 하루 16시간이다. 프로선수가 보더라도 학을 뗄 만큼 혹사한 건 야영 스킬의 효과를 믿는 까닭이었다.

기실 적당한 훈련으로 대련만 시켜서 감을 익히게 하고 내가 마력을 직접 잡아주면 손쉽게 해결할 수 있었다.

하지만 방송을 보는 이들에게 진짜 수련이 뭔지 보여주고자 싶었다. 그리고 그 결과가 어떻게 값진 모습으로 나타나는지를 알려주기로 했다.

시키기만 하지 않고 나 역시 그 이상 몸으로 함께 뛰었다. 제임스로서의 무를 만상수로 재해석하여 체득하는 값진 닷새였다.

"기절한 척, 자는 척 용납 못·합니다. 모두 일어서!"

"으아악!"

나를 발전하게 하는 이 고통이 즐겁다. 온몸이 질러대는 절규만큼 몸이 단련되는 이 쾌감을 임시 제자들과 기쁜 마음으로 공유했다.

그날 밤, 추성환이 옥상으로 나를 찾았다. 낮 동안 시체처럼 쓰러진 세 명을 안쓰럽게 보더니 할 이야기가 있다고 했다. 낮에는 서슬 퍼런 기세에 압도되어서 차마 하지 못했던 말이라며 긴장하기에 온화한 웃음과 야영의 호흡으로 심신을 달래주었다.

그는 비로소 편히 이야기했다.

"저러다 정말 큰일 생깁니다."

"살아 있는 한 점점 강해지게 마련입니다."

"우상의 황혼이군요. 하지만 지금 운동 강도는 저 같은 문외한의 눈에 결코 정상적이지 않아 보입니다."

살을 뺀답시고 완전단식에 들어가 영양실조에 드는 어리석음처럼 수련이랍시고 무한정 운동만 하는 모습에 깊은 우려를 표했다.

그의 걱정이 실로 당연하니 안심시킬 필요가 있었다. 생각해 둔 복안 중 하나인 라탄트라의 연금비약을 제조하기로 했다.

"만약 내일 아침 가뿐하게 일어나지 못하면 당장 수련을 중지하도록 하겠습니다."

여기에 체내 기운을 활성화하여 직접 몸을 바로잡아 주었다. 나아가 추나요법의 지식대로 제대로 안마했다.

기혈의 흐름을 잡고 불균형을 조화롭게 만든다는 원리에 충실하였으니 거진 새로 태어나는 것 못잖은 효과였다. 살아오며 잘못된 식습관으로 만들어진 몸의 문제까지도 말끔하게 해결될 것이다.

"여기 이 재료들을 구매해 주십시오. 당장 재생률을 높이고 몸을 강화하는 데 필요합니다."

"마늘, 인삼, 대추, 황기… 이거 참. 진짜 신비로운 무가의 정통 비약 재료가 평범하군요. 꼭 삼계탕 재료 같습니다."

그의 혼잣말에 정답이라고 대답하자 추성환이 나를 보았다. 얼핏 '그게 개그냐?'라는 말이 눈으로 표현됐다. 어색한 헛기침으로 보답하였다.

"먹고 기운을 내야 치료를 하지요. 든든히 먹어두려니 찹쌀 세 포대에 생닭도 백 마리 추가합시다. 제가 나름 대식가입니다."

"무슨 사람이 코끼리도 아니고… 게다가 본인이 먹을 거였다니."

뒷머리 긁적이며 나간 추성환 일행은 재료가 아닌 출장 뷔페와 함께 돌아왔다. 음식재료로 이만큼 쓴다고 보고하자 Z&F의 마크가 딱 찍힌 드론이 옥상에서 대량의 음식을 투하하였다.

D라고 적힌 옥상의 착륙지점에 택배물건이, 그것도

자정을 지난 이 시간에 배달됐다. 물건을 받으면서 저들이 수군수군했다.

"망했어, 망했다고. 이게 어딜 봐서 헝그리 고수의 비무 다큐야?"

"헝그리란 말은 없었는데요. 무림 고수 아닙니까."

"고수라면 좀 허름하고 굶고 철학적이고 그런 거지. 근데 이건 엉망진창이야. 시트콤도 이러진 않아."

"이상현 씨는 몸무게부터 0.1톤 넘어 보이는데요."

머리를 쥐어뜯을 만큼 콘셉트가 뒤죽박죽이었다. 그는 지금 이 장면은 절대로 편집하겠노라고 선전포고하듯 말했다. 덕분에 음식 문제가 깔끔하게 해결됐다.

Z&F라는 든든한 후원자님 덕분에 배부터 빵빵하게 채우고 약재 시장에 직접 들러 외상약과 기력활성제의 재료를 구매했다. 남은 건 신속하게 강화제를 조제하는 일뿐.

사람마다 타고난 펠마돈에 따라 독특한 기질이 있게 마련이다. 나는 다량의 펠마돈을 흡수하며 이들 모두를 모방할 수 있었다.

파괴의 괴수와 에일락 반테스의 환혼력, 계약의 륜인 페이엔탈과 닮은 나 자신의 단죄, 그리고 라탄트라의 연금특질까지였다.

정령이라는 힘 대다수는 유나가 가졌지만, 원형의 틀은 내게도 있으니 흉내 내기란 어렵지 않다. 이걸로 약을 만들어서 과학적인 입증을 하는 절차에선 여러모로 문제가 많겠지만 말이다.

"잘 촬영하고 윗선의 명령에 따라 방송 여부를 결정하세요. 참고로 저는 나가도, 편집돼도 상관 않겠습니다."

기운의 혼합비와 숨의 간극을 조절하여 마력의 기질을 속성력으로 바꾸었다. 같은 재료라도 어떤 기운을 품느냐에 따라 성질이 달라지는 법. 기적이라 불리는 포션의 신비로움은 절묘하게 어우러져 조화를 이룬 마력에 있었다.

new century의 기적으로 몸을 회복시키고 몸소 기혈을 잡아주니 입으론 죽는다, 죽는다 하면서 눈빛이 맑아지고 살이 쏙 빠지며 몸이 탄탄해지는 일거양득의 효과가 하루하루 그 모습을 보였다.

이쯤 되니 외계인 보듯 하던 추성환이 깊은 호감을 표했다. 꼬리가 있었다면 살랑살랑 흔드는 모습이었을 것이다.

"그냥 스포츠센터 운영하셔도 갑부가 되시겠습니다."

치료도 치료지만 아름다움만큼 돈 되는 일이 또 어디 있으랴.

"무림 고수보다 이게 방송 나가면 진짜 큰일일 거 같은데, 괜찮으시겠어요?"

"더 좋은 상처치료제도 많은 걸로 압니다만."

"어떤 스테로이드보다도 효과가 화끈한 데다가 이건 검출도 안 되는 거잖습니까."

은신하고 다니면 누가 나를 알아보랴. 안목 있는 소수 정도만 대할 테니 유명인사처럼 길거리를 돌아다니는 것조차 불편한 일은 일어나지 않는다.

"세상이 어떤 세상인데요. 다들 이미 쓰고 있을 겁니다."

미래의 기술력을 나는 절대 우습게보지 않았다. 내가 선보인 수준에 맞춰서 유나나 신진권이 제꺽제꺽 제품을 내놓을 수도 있겠다.

그런데 내 대답을 어찌 해석했는지 추성환을 비롯한 남정네들이 두 손을 아첨꾼처럼 비볐다.

"비법 공개하시는 김에 저희도 같이 수련하면 안 될까요?"

의도가 딱 보였다. 나는 웃음을 감추지 않고 고개를 끄덕였다.

"물론 가능하지요. 이참에 대조군으로 가보는 것도 좋겠습니다. 여러분은 치료제 없이 해보세요."

"어차피 모두 공개하시는 거라면 저희 쪽에서도 똑같이 해보고 그 차이를 비교해 보겠습니다. 같은 재료로 치료제도 만들고 똑같이 수련도 해보고요. 문제가 생기면 선생님께서 막아주십시오."

그러라 하자 젊은 남녀 세 명과 약사 한 명, 전문 안마사 한 명을 반나절 만에 데려왔다.

모델 지망생이나 연기자 출신처럼 훤칠한 그들이 녹화분을 틀어놓고 다른 곳에서 은지 일행의 스케줄을 그대로 따라 했다.

당일, 먹은 음식 메뉴를 고스란히 보여준 그들은 다음 날 아무도 일어나지 못했다. 내 주위에 있어야 스킬 효과를 받아 마음 상태와 더불어 신체의 회복률이 높아지는데 전혀 그 혜택을 누리지 못한 여파였다.

다음은 치료제와 안마 기술을 시험할 차례. 일어나지 못하고 무리한 운동으로 통증을 호소하는 그들에게 영상과 재료대로 법제한 치료제를 바르고 강화제를 먹였다. 내 움직임을 완벽하게 따라 한 전문 안마사의 손길이 더해졌다.

결과는 이튿날 병원의 물리치료실에 실려가는 것으로 나왔다.

"사이비입니다. 이런 말도 안 되는 재료로 치료제가 만들어질 리 없죠."

"아무리 몸이 연동한다지만, 종아리나 팔을 오직 허리만 안마해서 풀어주는 건 어불성설입니다."

따끔하게 일침을 가한 두 전문가의 퇴장 이후 나를 보는 시선이 더욱 이상해졌다.

"옳으신 말씀들이지요. 아프면 병원에 가고 정식 허가된 치료제를 쓰는 편이 좋습니다."

"그러는 선생님은 왜 이런 걸 사용하시지요?"

"영양제 먹어도 되지만 굳이 과일을 먹는 이유가 무엇이겠습니까. 취향이고 옛 향수입니다. 내 손으로 만들어서 직접 뭔가를 한다는 정성에다 오리엔탈리즘이 있지요."

추성환이 미간을 꾹꾹 눌렀다.

"편집이 버라이어티해지겠습니다. 기왕 톤을 조정하시는 거 영어 대신 한문으로 써주시면 안 될까요?"

"그거 편견입니다."

이마를 감쌌던 넘치는 의문을 해소할 기회를 자신에게도 달라고 말했다. 딱 한 번만 직접 느껴보게 해달라며 똑같이 수련에 참가한 것. 사서 고생을 하겠다니 순순히 받아들였고 다음 날, 끙끙 앓다가 사뿐하게 일어나는 경험을 했다.

그러곤 눈을 멀뚱히 뜨더니 의심과 의혹을 완전히 물에 씻어버렸다.

"저는 이제 카메라만 들고 공기처럼 지내겠습니다."

닷새가 되자 은지 일행의 몸에 동작이 완숙하게 익었다. 엉뚱하게 길을 걷다가도 '2초식!' 하고 외치면 반사적으로 몸이 움직일 정도였다. 저만하면 운동 3년은 부단히 한 정도는 됐다.

보호구 다 착용하고 하는 거니, 이만하면 겨루기를 해도 쉽게 밀리지만은 않은 것이다. 누구한테 맞아도 나한테 닷새간 맞은 걸 떠올리면 투지를 잃는 일도 생기지 않으리라 자신했다.

"그간 고생하였습니다. 이제 은지 양의 주도로 방송을 해보지요. 저는 대련을 할 때까지 가만히 뒤따르겠습니다."

하지만 카메라가 꺼지고 수료 축하 겸 격려했지만 멍하니 서 있는 세 명의 입으론 넋이 반쯤 빠져나온 상태였다. 입은 살짝 벌려졌고 시선이 사십오 도 위의 엄한 곳을 보고 있었다.

"여긴 어딜까요… 난 누굴까요… 꿈꾼 거 같아요. 원래는 예쁘게만 하려고 했는데."

"거울을 보면 알겠지만, 미모는 더욱 훌륭해졌습니다."

노폐물 완전 제거. 건강미로 피부에서 빛이 났다. 지옥 수련이 끝났으니 혼자 차분히 돌아보면 정말 좋아할 게 눈에 선했다. 하지만 지금의 은지는 촬영분을 보며 얼굴을 감쌀 따름이었다.

"이런 식은 아니었어요! 이런 방송이 아니었다고!"

침 흘리고 자빠지고 발라당 뻗어버리는 모습이 수백 번 나왔다.

야영 스킬의 온화함 속에서도 악에 받쳐서 비명 지르며 달려드는 장면도 수두룩했다. 버티기 어려웠는데 표정에 신경 쓸 겨를이 있었겠는가. 정말 내추럴함이 고스란히 담겼다.

"난 몰라. 진짜 뭐에 홀렸었나 봐."

슬며시 고개를 돌려 회피했다. 추성환도 생각이 있으니 예쁜 모습으로 잘 편집할 것이다.

그래도 혹시 모르지. 잘 좀 신경 쓰라고 넌지시 얘기해야겠다. 한편, 남은 두 남정네는 은지와는 표정부터 달랐다.

"으흐. 으흐흐."

팔에 불끈불끈 힘을 줬다가 거울을 보곤 음산하게 웃었다. 심히 만족스러운 듯 사진을 열심히 찍었다.

"PD님, 은지야. 1차 상대가 누구랬지? 나만 믿어. 내가 박살 낼게."

"난 누구랑 싸워도 다 이길 수 있게 됐어. 내가 최고야, 무적이다!"

두 친구는 앞으로의 비무에 나보다도 기대가 만발이었다. 힘이 생겨서 한창 나서기 좋아하는 초심자의 전형적인 모습이다. 여하간 준비는 이쯤이면 됐다.

이제 미래의 랭커와 고수를 만날 시간이었다. 손뼉을 치고 평화의 불씨까지 끌어오자 이탈하던 저들의 정신이 제자리를 찾았다.

해탈한 고승의 얼굴로 은지가 내게 이야기했다.

"대련 순서는 달인, 고수, 랭커예요."

그간 특별한 기술로 유명세를 얻은 달인을 만나 한 수 겨룬다. 여기엔 목공예 달인부터 배달의 달인, 걷기의 달인처럼 특정 분야에 능력을 발휘하는 사람이 있었다.

"화기애애하게 사는 이야기 좀 듣고 선생님이랑 좋은 분위기에서 비교하는 정도죠. 제 담당이에요."

다음은 국내에서 접할 수 있는 태권도, 택견, 승무도, 검도와 같은 대중적이고 역사를 간직한 도장에 들어가 제자들이 한 수 배우고 마지막에 내가 고수와 대련하며 완성도 높은 무술의 참모습을 보여주는 것이었다.

"쟤네 담당이죠."

"다 이겨 버리겠습니다."

"아자!"

기합이 잔뜩 들어간 조용수와 허진석이 주먹을 불끈 쥐었다.

마지막은 랭커였다.

"이건 좀 위험할 수 있어요. 이른바 생사 무예 대결이거든요. new century의 플레이어들 중에 달인이

있는데 이 사람들은 무기도 쓴대요. 실전이죠. 죽을 수
도 있다고 하던데, 선생님이라면 마냥 괜찮으시겠죠."

"이건 오롯이 내 담당이군. 근데 살짝 감정이 담긴
거같이 들리는데."

"에이, 그럴 리가요."

세 사람을 거친 후 다시 달인, 고수, 랭커의 사이클
이 돌아갔다.

일정의 처음은 타격이라는 흐름으로 갔다. 대련 순서
와 각 사람의 사진과 이력이 간략히 나왔다.

"달인은 현직 중식 요리 주방장에 취미가 격파인 박
한승 님이고, 고수분은 대한 무도 총맹의 태권도 부문
전 회장이셨던 고관회 님. 마지막은 전 종합격투기 세
계 챔피언이었던 양혁수 플레이어예요."

넉넉한 웃음의 사람 좋은 요리사와 찔러도 바늘이 부
러질 것만 같은 각진 얼굴의 노인.

아래위의 하얀 치아가 어금니까지 보일 만큼 환히 웃
으며 파도를 타는 중년이었다. 면식이 있는 마지막
얼굴을 나는 유심히 보았다.

고개만 돌리면 어디서든 볼 수 있는 유명 스포츠 광
고의 모델. 때론 어리숙하지만, 야성미 넘치는 수컷의

마성으로 뭉친 격투가.

　호화 요트에서 미녀 모델들과 파티를 즐기는 사진이
수두룩하게 있는 완성체의 양혁수였다.

외전 : 〈은지의 꿈 and 꿈〉

　토끼가 옹달샘에서 세수하는 깊은 산속이었다.

　안개가 구름처럼 뭉실뭉실 흐르는 풀잎 사이로 선녀
의 옷자락처럼 보드라운 무지개가 커튼처럼 하늘거렸
다.

　은지는 빨주노초파남보의 일곱 색깔 사이에 있는 하
늘색 천에 매달렸다.

　잭과 콩나무에서 나오는 콩나무가 이럴까. 여름 바캉
스에 탄 미끄럼틀을 거꾸로 오르는 것처럼 몸이 위로
휙 끌려 올라갔다.

　잠옷이 벗겨질 거 같아서 꼭 잡으니 천에서 미끄러진

은지가 아래의 파란 천에 풍덩 빠졌다.

물속이었다. 위로 보이는 수면 바깥의 풍경으로 동아줄을 붙잡은 색동옷의 두 아이랑 왕방울만 한 눈의 호랑이가 보였다.

썩은 동아줄을 타고 오르던 호랑이가 북슬북슬한 털 손을 휙 뻗는 데 그만 동아줄이 뚝 하고 끊어졌다.

어흥!

호랑이가 훌쩍 뛰어서는 두 아이의 튼튼한 동아줄로 갈아탔다. 씩 웃는데 '이 정도쯤이야~' 하는 모습이었다.

얼른 도우려고 은지가 위로 헤엄쳐 올라가려는 그때 여자아이가 손을 놓았다. 그리고 입을 크게 벌린 호랑이의 콧잔등을 콱 때려주곤 사뿐하게 높이 뛰는 것이 아닌가.

눈물을 찔끔 흘린 호랑이가 무섭게 위를 올려보자 남자아이가 방긋 웃었다.

주머니에서 큼직한 가위를 꺼내 동아줄을 싹둑 잘랐다.

"어? 어어?"

막 올라가려던 은지의 위로 호랑이가 떨어졌다.

어찌나 큰지 호랑이가 들어가자 은지와 안의 물고기
가 물과 함께 붕 떠올랐다.

팔다리를 파닥파닥 휘젓던 은지가 가까워지는 땅을
보고 눈을 질끈 감았을 때 늙수그레하고 푸근한 목소리
가 들렸다.

『에헴. 이 도끼가 네 도끼냐?』

"네? 누구세요?"

『허허. 연못의 신령이니라. 자, 이 금도끼가 네 도끼
더냐?』

물을 잔뜩 먹어서 튜브처럼 된 호랑이의 위에 하얀
수염의 할아버지가 너털웃음을 보이고 있었다. 넘실거
리는 안개를 허리 아래에 두른 산신령은 방금 막 튀어
오른 물고기를 모자처럼 머리에 썼다.

은지의 옆에는 지게랑 자루만 남은 도끼가 있었다.

"아닌데요. 할아버지, 설마 금도끼 은도끼 신령님이
세요?"

『착한 아이구나. 그래, 너같이 착한 아이한텐 선물을
줘야지. 여기 금도끼, 은도끼, 쇠도끼 합쳐서 백 자루
란다. 잘 피해보아라.』

"예?"

산신령이 품에 손을 넣었다가 뺄 때마다 도끼 열 자루씩이 투척됐다.

손이 수십 개는 된 양 던지는 것을 본 은지에게 한 음성이 아스라하게 메아리처럼 울렸다.

─제구초식!

"으아앗! 묘화신요(猫華伸搖)! 안 까먹었어요. 때, 때리지 마요!"

자신도 모르게 고양이처럼 엎드려서 피했다. 탱탱볼처럼 왼쪽, 오른쪽 뛰어선 몸을 핑그르르 돌리며 발로 내리찍었다.

산신령이 왼팔로 막으며 오른손으로 낚아채려 하자 은지가 무릎을 접고 허리를 틀었다. 종에서 횡으로의 급격한 전환. 힘차게 찍는가 싶더니 급격히 꺾이며 날렵하게 발끝으로 할퀴었다.

『이건!』

손을 펼친 산신령이 은지의 머리칼을 잡으려다가 멈칫했다. 그 순간 기세대로 몸이 따라 회전하더니 은지가 양손으로 열 줄기의 손톱자국을 남겼다.

누우며 떨어진 은지는 발끝에 탄력을 주며 몸을 둥글게 말았다. 몸의 곡선을 따라 공처럼 구르던 그녀가 용수철처럼 뛰어 경계하는 고양이처럼 전면을 노려보았다.

『으흐흐… 으허허…….』

산신령이 기괴하게 웃었다. 흐느끼는 듯 웃는 듯하던 그의 수염이 까매지더니 주름이 팽팽해지고 한 중년인의 얼굴로 변했다.

얼굴의 열 줄기에 손톱자국과 콧잔등을 어루만지는 그를 보고 은지가 비명처럼 소리쳤다.

"아빠?

"코, 코피라니. 우리 은지, 많이 컸구나. 좋은 발차기였다."

주르륵 흐르는 빨간 피를 보고 얼른 휴지를 찾을 때 문이 벌컥 열렸다.

막 테이블에 놓던 참인지 나이프와 포크를 든 앞치마 차림의 여인이 허리에 손을 올렸다.

"당신 얼굴이……! 은지, 너. 설마 깨우러 간 아빠한테 손찌검한 거니?"

단단히 화가 난 그녀를 보고 은지가 화들짝 정신을 차렸다.

분명히 산이었는데 여긴 방이었다. 아까 본 게 다 꿈

이었다니.

"엄마, 그게 아니라 사실은… 으앗!"

"시끄릿! 얘가 뭐 배운다더니 아빠부터 패고 있어?
어디서 못된 것만 배워서는."

등에 '짝!' 하는 소리가 나도록 때리는 엄마의 손을
코피를 얼른 막은 아빠가 만류했다.

"여보, 얼른 약 상자 가져와요. 그리고 은지는 씻고
오려무나. 아빠는 괜찮아요. 아빠 몸 튼튼한 거 알지?
하하하! 아, 아야."

"당신도 참."

피가 난다고 호들갑을 떠는 통에 엄마가 부리나케 달
려갔다. 태풍처럼 몰아친 아침이었다.

세면대의 거울을 보며 은지는 몸을 부르르 떨었다.
생각하니 웃음만 나왔다. 중학교 전까지만 해도 자주
꾸었던 꿈 이야기였다. 항상 전래동화와 옛날이야기는
끝이 진행형이었다.

'옛날 옛날에~'로 시작하지만 언제 끝났는지가 딱
나오지 않아서일 것이다.

민속촌이나 박물관에 가면 꼭 저런 물건을 쓰고 산에

선 나무를 하는 사람이 있을 거 같다고 생각한 건. 오래전 이야기지만 꼭 곁에 있는 것 같은 생각을 한 이유는.

성장하며 정말로 그럴 리 없다는 사실을 이해했지만 말이다. 방송이란 걸 하게 된 것도 이러한 반감 때문이었다.

램프의 요정은 현실에 없고 소원을 들어주는 해님도, 신령님도 없었다. 그럼 나라도 팅커벨이 돼볼 테야. 그러며 소원을 접수했었다.

반 친구의 일, 학교의 일, 환경 미화, 봉사 활동, 도움의 손길이 필요한 사람들 도와주고 입소문 내주기. 어릴 때부터 함께한, 두 친구가 도와주었다.

애정이라기보단 우정이 어울리는 그들과 삼총사가 되어 하다 보니 나름 유명해졌다.

다만, 직업이 되며 가끔 그때의 순수함이 없어졌나 싶었다. 그런데 오늘, 동심이랑 함께 추억의 책갈피에 잘 꽂아둔 그 꿈의 기억이 고스란히 재현됐다. 은지는 그 이유를 잘 알았다.

"후– 흐읍– 하아–."

가슴이 활짝 열리고 폐를 지난 숨이 깊이깊이 들어

갔다.

보통 어깨가 들릴 만큼 숨을 마시면 갑갑해서 가슴이 아플 지경이 되는 게 정상이지만 요즘 신비로운 경험을 했다.

충분하게 꽉 찬 공기 사이로 잔잔하게 물 흐르는 소리가 들리는 착각이었다.

몸 안에 넓은 공항과 쭉 뻗은 활주로가 난 것 같았다.

비행기처럼 날렵하게 날아다니는 바람이 몸을 사뿐하게 한 바퀴 돌았다. 그다음에 숨을 탁 뱉으면 그렇게 상쾌할 수가 없었다.

하지만 아저씨의 당부를 잘 기억하고 있었다.

"하루에 꼭 한 번 이상은 투로를 연습하고 노래를 해라. 하루라도 거르면 아지랑이처럼 사라질 테니. 그리고 살찌는 거 걱정하지 말고 열심히 먹어라. 한창 클 때잖니."

한창 클 때라는 말을 그때는 몰랐는데 지금은 잘 알았다. 은지는 목욕하기 전 거울에 몸을 이리저리 비췄다.

키득키득 숨죽인 웃음이 저절로 나왔다.

은지가 딱 좋아하는 따뜻한 온도의 물이 욕조에 가득 있었다. 언제나처럼 아빠가 받아놓은 거였다.

머리까지 푹 담근 은지는 조금 전 아빠의 얼굴을 떠올리곤 바로 일어섰다. 약 바르면 낫는다곤 하지만 걱정이 됐다.

씻고 오자 식탁에는 요리연구가라는 엄마의 직업만큼 예쁜 아침상이 차려져 있었다.

채소수프와 과일주스를 옆에 둔 주인공은 팬케이크였다.

바나나, 딸기, 키위, 포도가 알록달록하게 장식되어 보기만 해도 침이 고였다.

주방에서 야채샐러드와 빵이 든 접시를 가져오던 엄마가 은지를 보곤 '으이구' 하며 고갯짓했다.

연고를 얼굴에 바른 아빠가 거실의 거울을 보고 있었다.

"예전에는 목욕하면 기본이 30분이더니 요즘은 금방 나오네? 우리 딸, 고양이 좋아하더니 고양이 세수만 하고 나오는 건 아니지?"

"깨끗이 씻었으면 됐죠. 근데 아빠 얼굴은 괜찮죠?"

"물론, 아빠 전직이 형사였잖니. 이런 건 상처 축에

도 못 껴요."

가족과 함께 있는 시간을 늘리기 위해 그만둔 직장이다. 현재는 사립탐정의 일을 하는 아빠는 은지의 든든한 버팀목이었다.

어렸을 때 꺼슬꺼슬한 수염이 싫다고 한 뒤로 항상 매끈하게 관리하는 아빠를 등 뒤에서 안았다.

"선물 주려고?"

뺨을 가리키자 은지가 쪽 소리를 내며 뽀뽀를 했다.

"거기, 닭살 손님들~."

엄마가 테이블 위의 잔을 포크로 두드렸다. 맑은 종 치는 것 같은 유리잔 소리에 두 부녀가 얼른 식탁에 앉았다.

은지의 미모가 어디서 왔는지 보여주듯 언니라고 오해하게 할 만한 외모의 엄마가 '내 거란다~' 하듯 아빠의 팔짱을 꼈다.

"앞으론 꼭 알람 맞춰놓고 자렴. 알았지?"

"네, 엄마. 그런데 오늘 왜 이렇게 많이 차리셨어요?"

"오늘 오후에 촬영이랬잖니. 선생님이 당부하셨단다. 아무리 먹여도 살 안 찌게 할 자신 있으니 양껏 먹게 하라고. 독특한 분이더구나."

팬케이크를 먹던 은지는 이를 꼼꼼하게 씹어 꿀꺽 삼
킨 뒤에 말했다.

"에? 만나 보셨어요?"

"네 아빠 성격에 가만있었겠니."

"이럴 땐 엄마 남편 아니고요?"

소심한 일격은 엄마가 눈을 가늘게 뜨는 것으로 조기
제압됐다. 은지는 아저씨의 이야기를 하는 부모님의 반
응에 새삼 궁금해졌다.

사실 너무 힘들어서 죽을 거 같던 지옥 수련 때도
'힘내렴' 하고 전화를 딱 끊은 것도 부모님이셨다.

지금이야 닷새 만에 기적을 본 상황이라 해볼 만했
어, 하고 생각하지만, 그땐 참 원망 많았었다.

만약 엄마나 아빠가 집에 오라고 했다면 정말 그만뒀
을 것이다.

"엄마가 찾아가신 건가요?"

"아니. 선생님께서 오셨었어. 아빠한테 이미 들어서
거지 취급은 안 했었고. 얘기 들을 땐 되게 큰 거 같았
는데 보곤 깜짝 놀랐단다."

"엄마보다 키가 작아서요? 엄마 키가 큰 거잖아요."

"그럼. 여보랑 우리 은지랑 다 모델이지. 암."

크게 웃는 아빠에게 은지가 물었다.

"아빠가 볼 때는 어떤 분 같아요?"

"은지가 더 잘 알지 않니? 이미 인터뷰도 하고 함께 하면서 다 봤을 텐데 말이다."

"에이, 그게 아니잖아요."

아무렴. 하며 딸의 머리를 쓰다듬은 아빠가 잠시 말을 골랐다.

예전부터 항상 그래 왔듯이 개인 방송이랍시고 일을 할 때면 몰래 뒷조사를 했었다. 어린애들에게 사기를 치거나 뭔가 이상이 보이면 모르게 손을 쓰곤 해온 것이다.

당연히 은지가 웬 놈팡이를 취재한다고 할 때도 마찬가지였다.

형사이던 시절이나 탐정 일을 하며 만든 정보망으로 두루두루 알아보고 나중엔 직접 만났다.

도무지 두서가 안 맞고 앞뒤가 엉망인 묘한 인물이어서였다.

사기꾼치곤 어설프고, 진짜라기엔 부족한 사람. 이럴 땐 십수 년간 갈고닦은 직감이 최고였다. 그리고 딱 마

주하고는 군말 없이 돌아왔다. 나눈 대화는 '잘 부탁합
니다', '알겠습니다' 였다.

"세상엔 특이한 놈이 많지. 하지만 특별한 사람은 많
지 않단다. 좋은 사람과 좋은 경험하고 오려무나."

조용수와 허진석의 부모도 어떻게 치료하는지, 세 명
이 곯아떨어졌을 때 주무르고 보살피는지 보았다고 한
다.

그러곤 실시간으로 달라지는 아들딸을 보고 마음 놓
았다고 했다. 그녀가 짐짓 툴툴거렸다.

"방송 몰라요? 지금 싸우고 맞으러 가는 거예요."

"넘어져도 일어서기만 하면 되지. 하하!"

"우리 딸, 파이팅!"

은지는 엄마가 차린 음식을 혼자 몽땅 먹는 걸로 복
수했다.

１０권에서 계속

스펙테이터

1판 1쇄 찍음 2015년 6월 2일
1판 1쇄 펴냄 2015년 6월 5일

지은이 | 약먹은인삼
펴낸이 | 정 필
펴낸곳 | 도서출판 **뿔미디어**

편집장 | 이재권
기획 · 편집 | 윤영상

출판등록 | 2002년 9월 11일 (제1081-1-132호)
주소 | 경기도 부천시 원미구 소향로 17(두성프라자) 303호 (우)420-864
전화 | 032)651-6513 / 팩스 032)651-6094
E-mail | bbulmedia@hanmail.net
홈페이지 | http://bbulmedia.com

값 8,000원

ISBN 979-11-315-6392-2 04810
ISBN 979-11-315-0000-2 04810 (세트)